集英社オレンジ文庫

# アリア嬢の誰も知らない結婚

我鳥彩子

本書は書き下ろしです。

Contents

ミュリエット
魔法学科9年生。
火炎魔法能力者。
フェルト
王立学士院
教養学科7年生。
好奇心旺盛な
新聞部員。
アリア
王立学士院魔法学科
8年生。16歳。
魔法を制御出来ない
落ちこぼれ。

Characters

## ラルシェ

王立学士院の研究者兼
教師にして、第三王子。
稀代の精霊使い。

## 黒鷲の精霊

気が荒いことで有名。
ラルシェに束縛されている。

## リュシル

魔法学科9年生。
別名《女子部の
王子様》。

Royal Magic Academy

*No One Knows Tria's Marriage*

第一話

# 秘密の花園

# 観察者の主張

——あのふたりは、絶対に怪《あや》しい。

王立学士院教養学科女子部七年生、フェルト・ユーベルント嬢（誕生日が来たら十六歳）は、栗色の髪を肩の上で切り揃《そろ》えた小柄な少女である。趣味は人間観察。目下《もっか》のところ、お気に入りの観察対象はふたり。そのふたりが、今朝も登校するなりフェルトの目を楽しませてくれた。

学士院の西門を入って少し歩いた先、大きなフライムベリーの木の下に人が集まっていた。フェルトが人垣の中へ頭を突っ込むと、そこに件《くだん》のふたりがいたのだ。

「アリア・ド・イース・モデラート。早くそこから降りなさい」

木の上に厳しい口調で声をかけているのは、銀髪碧眼《へきがん》に白衣と来たら眼鏡は銀縁《ぎんぶち》に限るでしょう、といった体《てい》の全体的にクールな色合いを纏《まと》った青年。ラルシェ・レ・ヴィード・アルディート——王族でありながら学士院の研究者兼教師を務めているという、フェルト好みの設定を持つ人物である。

ラルシェの投げた声に対し、枝の上で制服のスカートが揺れ、女生徒の声が降ってくる。

「ま、待ってください、まだ楽譜が一枚、この上の枝に引っ掛かっていて――」

この声は確かにアリアだった。古い家柄の貴族、モデラート家の令嬢である。どうやら、悪戯《いたずら》な風に飛ばされた楽譜を取ろうと木に登ったらしい。

――さすがアリアお姉様、朝からナイスイベント発生だわ！　そこで枝から足を滑らせて、ラルシェ先生の腕の中にすっぽり納まるといいわ――！

期待に胸を膨《ふく》らませるフェルトの前で、もう一段上の枝に手を伸ばしたアリアが、バランスを崩して「きゃっ」と声を上げた。見物人も「あっ！」と叫ぶ。

お姉様、ナイスお約束だわ――！

しかし、見事に足を踏み外して樹上から落下するアリアを抱き止めたのは、ラルシェの腕ではなかった。びゅうと吹いた一陣の風がアリアを受け止め、地面へと運んだのだ。

――あ、ラルシェ先生ずるい！　自分の手じゃなくて風の精霊を使うなんて！　こんなの絵的に美味《おい》しくない！

一般生徒の通う教養学科の他に、魔法能力を持つ生徒のための魔法学科でも教鞭《きょうべん》を執《と》るラルシェは、稀代《きたい》の精霊使いとして知られている。彼にとって、瞬時に風の精霊を呼んでアリアを救《たす》けるという芸当は朝飯前のことなのだろう。

ラルシェ先生がすごいのはわかったけど、ラブイベントとしては面白くない――!

フェルトの不満など知る由《よし》もなく、礼を言いながら頭を下げるアリアにラルシェは厳しい目を向けた。

「アリア・ド・イース・モデラート。君は何のために魔法能力を持っている? 手が届かない場所のものは、魔法で取りなさい」

「あの、それが出来るなら、木になんて登ってません……」

アリアが俯《うつむ》きながら答える。

フェルトにとっては一学年先輩に当たる魔法学科八年生のアリアは、せっかく持って生まれた魔法能力をまったく制御出来ないことで知られている。潜在的な能力は高いらしいのだが、それを自分の思ったとおりに使えないのだという。

「私は、魔法を使うより自分で木に登って取った方が早いんです。魔法がまともに発動するまで試してたら、日が暮れちゃいますから」

「八年も魔法学科に通っている生徒の言葉とは思えないですね。それ以前に、若い婦女子が木登りとは、行儀がなっていない。魔法学科の担任としても風紀顧問《こもん》としても見逃せません。――反省文二十枚。今日中に」

ラルシェは冷たく言って立ち去り、アリアも大きなため息を吐《つ》いてからとぼとぼと校舎へ向かってゆく。野次馬も解散する中、フェルトだけはアリアの後ろ姿を見送りながらその場に立ち尽くしていた。

そんなフェルトを、不意に横から突《つつ》くものがあった。

「あんた、朝っぱらから涎垂《よだれ》らして人の背中を見つめるのやめなさいよ……」

呆《あき》れ顔をした同級生のメゾだった。

「あ……？　涎出てた？」

いけないいけない、とフェルトは制服の袖《そで》で口元を拭《ぬぐ》う。

「また何か妙な妄想してたんでしょう。それ、公共の場でやったら通報されるレベルの変態行為だからね。学校の中ならやっていいってわけでもないけど」

「変態とは何よ。人間、美味《おい》しそうなものを見れば涎が出るでしょ。当然の生理現象よ」

「対象が料理だったらね。あんたの場合、人間を見て涎垂らしてるんじゃない。あんたには人肉食趣味でもあるの」

「口で食べられるものしか美味しいと評さないのは、言葉の持ち腐れだわ。食べられないものでも美味しいものはたくさんあるんだから！　アリアお姉様とラルシェ先生の秘密の関係なんて、その最たるもの！」

「まだそんなこと言ってるの。それはあんたの妄想。あのふたりはただの教師と生徒よ」

「違うもん！　そう見せかけてるだけで、あのふたりは本当は――恋人同士なのよ」

言葉の後半は声を潜《ひそ》めるフェルトに、メゾはやれやれと諭《さと》すように畳みかける。

「そんな秘密ごかした言い方したって、話に全然信憑性《しんぴょうせい》がないのよ。よく考えてみなさい。十歳から学士院の寄宿舎暮らしをしている魔法学科の落ちこぼれ令嬢と、優秀な魔法能力者で魔法研究の留学から帰ってきたばかりのアルディート王家第三王子が、どうやって恋愛関係になるの？　大体、学士院がどうして女子部と男子部に分かれてると思ってるの。男女交際禁止の校則があるからよ。そんな状況で、風紀顧問を引き受けるくらい潔癖で気《き》位《ぐらい》の高い王子様が生徒に手を出すわけないでしょう」

「禁じられると盛り上がるのが恋！　それに、一見あり得ない組み合わせにこそ、美味しさが隠れてるのよ！　落ちこぼれ令嬢と完璧な王子様――私に言わせれば、この組み合わせがラブに繋《つな》がらないなんて、それこそあり得ないわ！　初めて見た時からわかってた！このふたりは運命の恋人同士だって！」

「もしもし？　私の話聞いてる？　全然理屈が通ってないんだけど？」

「恋は理屈じゃないのよ！　気がついたら落ちているものなのよっ」

フェルトの力説に対し、メゾはかわいそうな子を見る目をするばかりだった。

——ああもう、みんな、どうしてこの美味しさに気づかないのかしら！　あのふたりに萌《も》えなくて、他の何に萌えるっていうの！

フェルトの萌えを説明するには、まずフェルトが王立学士院へ入学するに到った経緯《けいい》から始めなければならない。

フェルトは、口の悪い者からは「成金」と呼ばれる新興実業家の娘である。三年前、親の見栄《みえ》で、格式の高い王立学士院の女子部へ放り込まれた。同じような境遇の同級生メゾ・フォルテ（貿易商の娘）と友達になりつつ、貴族令嬢ばかりの学園ライフをなんだかんだで楽しんでいたある日、美しい歌声に惹《ひ》き寄せられて中庭の四阿《あずまや》へ足を向けた。そこで歌っていたのが、アリアである。

こぶたのしっぽは　よりどりみどり
くるん　くるん　くるくるくるん
こぶたのおしりは　ピンクいろ
ぷるん　ぷるん　ぷるぷるぷるん

何やら奇妙な歌詞だったが、そんなことはどうでもいい。淡いお陽様色の髪に、澄んだ湖色の瞳。頬をわずかに紅潮させながらよく通る声で歌うアリアの姿に、フェルトは一発でノックアウトされてしまった。一言で表すなら、タイプだったのである。何のタイプかといえば、求めていた主人公のタイプである。

物心付いた頃から脇役志向を自認するフェルトは、観察して楽しめる主人公を求めていた。アリアはその理想にぴったりだった。まず美少女然とした外見が好みだったし、歌が巧《うま》いという特技もポイントが高い。さらにその人となりについて調べてみれば、ますます熱は上がるばかりだった。

王立学士院には、国中の様々な研究・教育機関が集まっている。フェルトが通うのは一般的な良家の子女が学ぶ教養学科だが、他にも王立芸術院付属の芸術学科や、魔法研究院付属の魔法学科などの専門学科がある。専門学科の生徒も並行して教養学科で一般教養を学ぶので、フェルトが同じ校舎内で魔法学科生のアリアを観察するのは容易だった。

アリアが生まれつき持つ魔法能力は、歌唱魔法と転移魔法だという。とりわけ、歌うことで種々の現象を引き起こす歌唱魔法は稀少《きしょう》な能力で、アリアの場合は歌うと精霊を惹《ひ》き寄せてしまうのだと聞いた。

——精霊を惹き寄せる歌声の持ち主！　自作した変な歌詞の曲を歌いたがるご愛敬も含

めて、まさにヒロインにぴったりだわ！

それでいてアリアは、魔法能力者として致命的な弱点を抱えていた。

アリアが持つもうひとつの能力、転移魔法。これは、自身や周りの物を空間転移させる能力である。だが魔法制御力が著《いちじる》しく低いアリアは、狙った時に狙った物を空間転移させることが出来ないらしい。

たとえば、風に飛ばされて木の枝に引っ掛かった楽譜も、教科書どおりの転移魔法を使えるなら、簡単に自分の手の中へ取り戻せるはずなのだ。しかしノーコン転移魔法では、自身がどこかへ空間転移してしまったり、楽譜を取るだけでなく木を根こそぎ引っこ抜いてしまったり、意図せぬ結果を生み出しかねない。ゆえに、魔法を使うより自力で木に登って楽譜を回収した方が早い、という結論に到るわけである。

――この、何のために魔法能力があるのかわからない残念感、ときめくわ～！

魔法を使うのも下手《へた》なら、それ以外の立ち回りも不器用なのがアリアという人だった。友達の落とし物を捜し回って自分だけ寄宿舎の門限に遅れ、反省文を書かされる。下級生に頼まれた宿題を丁寧《ていねい》に見てやって、そのせいで自分の宿題をやり損《そこ》ねる。――アリアが様々な場面で失敗を見せるほど、フェルトの萌えは高まっていった。

――残念萌え最高！　アリアお姉様のおかげで人生楽しい！

なお、これらはすべて一方通行の想いである。フェルトは一方的にアリアを慕《した》いながら、アリアの観察日記を付けては楽しんでいた。

そして今年、フェルトが七年生になった新学期。大ニュースが飛び込んできた。学士院を卒業したあと外国へ留学していた第三王子ラルシェが帰国し、魔法研究院に入る。それに併《あわ》せ、学士院女子部の教養学科と魔法学科で、外国語と魔法倫理の授業を受け持つというのだ。

王族が学士院の研究職や教職に就《つ》くこと自体は珍しくないが、若い王子が女子部で教鞭を執るとなるとそうよくあることではない。しかもラルシェは魔法能力の高さだけでなく、美貌でも知られた王子である。

女生徒たちは「美形の王子様がやって来る！」と色めき立った。男女交際禁止の校則があれど、いや、だからこそ、女の子は夢の王子様に憧《あこが》れるのである。フェルトとしても、これは面白い新キャラ登場だとワクワクしながら待っていた。

果たして、やって来た王子様は確かに際立《きわだ》つ美青年だった。しかし理知的な銀縁眼鏡の奥に光る碧《あお》い瞳が極めて厳しい。とても女の子たちがきゃあきゃあと周りに群がれる雰囲気ではなかった。それに加え、風紀顧問教師が急に退職したのも間が悪かった。

「どうして王子様が風紀顧問の後任なんて引き受けるのよ〜！」

「あの方、前の先生より遥《はる》かに口うるさいわ！　制服のスカート丈がほんのちょっと短かったというだけで反省文十枚も書かされたのよ」

「授業中に一度欠伸《あくび》をしただけで反省文、廊下でちょっと大きな声で喋《しゃべ》ってただけで反省文、階段をこっそり一段飛ばししただけで反省文、足音がうるさくても反省文……！」

「なんで王子様が女子部の教師に、って思ったけど、なるほどこういう方だってわかってたからなのね！　あれだけお堅ければ、確かに間違いなんて起こりようがないわ」

「あの方の妃になる方はお気の毒ね。きっと自由に息も吸わせてもらえないわよ……」

王子様の赴任から一月《ひとつき》も経《た》たずして、女生徒たちの憧れの眼差しはため息に変わった。迂闊《うかつ》に近寄れば粗《あら》探しをされて反省文を書く羽目になるので、『触らぬ王子様に祟《たた》りなし』が生徒たちの合言葉となった。

だが、自分から近寄らずともやらかしてくれるのがアリアだった。優秀な魔法能力者であるラルシェは、魔法での失敗にとりわけ厳しい。制御出来ない転移魔法の暴走や、惹き寄せた精霊がしでかした悪戯の責任まで取らされ、アリアは魔法学科切っての問題児としてすっかりラルシェに目を付けられてしまった。

毎日のように反省文の提出を命じられ、宿題が増量され、ついでに罰掃除や仕事の手伝いまでさせられているアリアを周囲の生徒は同情の目で見ているが、フェルトだけはそれを別の視点から見ていた。

——あのふたり、怪しいわ。

モデラート家は魔法能力の家系で、アリアの五歳上の兄も王立学士院の魔法学科を卒業している。そしてその兄とラルシェは年齢的に同級生のはずである。そこからフェルトの想像はもりもり膨らむ。

クラスメイトなら、アリアの兄とラルシェにはそれなりの交流もあっただろう。もしかしたら、ラルシェが級友の家へ遊びに行くこともあったかもしれない。そこで、寄宿舎生活に入る前の幼いアリアとラルシェは出逢っていたかもしれない。家族ぐるみの付き合いになって、学校が長い休みに入った時などは共に過ごすこともあったかもしれない。

だがふたりに面識があったのだとすれば、ラルシェがアリアに対してあんな風に厳しく接するのは不自然ではないか？　もしかしてあれは、意図的にやっているのでは？　本当はとても親密なのを隠すためのカムフラージュなのでは？

山のような反省文や宿題も、実はそれに紛《まぎ》れて交換日記のやりとりをしているとか？　ふたりきりになった途端、あのクールなラルシェ先生が豹変《ひょうへん》してアリアお姉様に甘々だったりしたら美味し過ぎる——！

といった推理をメゾに語っては、

「だから、それはあんたの妄想でしょ」

の一言で片づけられ続けているフェルトなのである。

今日も今日とて同じ主張を繰り返すが、やはりメゾは取り合わない。

「あんたの話は全部、だろう、かもしれない、なのでは、ばっかりじゃない。ふたりが幼なじみだという前提からしてあんたの勝手な妄想なんだから、その前提が崩れれば、ふたりはただの落ちこぼれ生徒と厳しい担任、それだけの関係よ」

「絶対それだけじゃないもん！　ラルシェ先生がアリアお姉様を見る瞳《め》、そしてアリアお姉様がラルシェ先生を見る瞳には、何か特別な感情が籠《こ》められているもの！　私の目にはそれが見える！」

「あんたの妄想フィルターの掛かった目ほど信用出来ないものはないわよ」

肩を竦めて頭《かぶり》を振ったメゾは、ひとつ息をついてから話題を変えた。

「それより……聞いたわよ。新聞部の部長から、次にまともな記事を書いて持って来なかったら退部にするって言われたんだって？」

「そうなのよ！　ひどいわよね」

露骨な話題転換に、フェルトは素直に乗っかった。実際、それもメゾに愚痴りたかったネタなのである。

「何がひどいのよ。あんたみたいな脳内お花畑の妄想部員、私だったら一週間でクビにしてるわね。三年以上も我慢した歴代の部長の忍耐力に感心するわ」

王立学士院は、十歳（になる年）から入学が認められるが、専門教育を必要としない一般教養学科生は、中等学年と呼ばれる四年生（十三歳になる年）からの入学となる。そして部活動や委員会活動の参加は、中等学年以降と決められている。

フェルトは入学後すぐ新聞部の門を叩いたものの、未《いま》だ以《もつ》て一度も紙面に記事が掲載された経験がない。部長に提出した原稿をことごとく却下されるからである。ボツの理由は、「著しく信憑性に欠ける」「嘘・大げさ・紛らわしい表現が多い」等々。

「あんたはさ、新聞部より文芸部に入った方がいいわ。あんたのそれはもう、新聞の記事ダネじゃなくて創作だから。初めに『この物語はフィクションです』って断れば許されるけど、そうでなかったら名誉棄損《きそん》で訴えられるわよ」

「駄目よ！　『新聞部です』って名乗ればこそ、面識がない相手にも取材として話が聞けるんだから。その肩書がなくなっちゃったら、この人見知りの私が、どうやって人に話しかければいいのよ～」

「どこが人見知り……。誰にでもすぐ懐《なつ》くくせに。本当の人見知りな人に謝りなさいよ」

「え～、この内気な私を摑まえて何言うの」

「本当の内気な人にも謝りなさいっ。——ああもういいわ。あんたの戯言《たわごと》に付き合ってたら日が暮れる！　授業に遅れちゃうから行くわよ」

「待ってよ～。ああ、どうしよう～。何か大スクープを摑まないと、クビになっちゃう～」

「クビでいいのよ、その方が世のため人のため、あんた自身のためよ！　ほら、遅刻したら反省文なんだから急いで！」

メゾに叱《しか》られ引きずられ、教室へ向かう。フェルトの毎朝恒例の展開である。

# 当事者その一の困惑

観察者の主張が一向に賛同を得られぬ中、当事者たちが如何《いか》なる状況にあるのかといえば——。

——もう、どうしていつもこうなっちゃうの……！

王立学士院魔法学科女子部八年生、アリア・ド・イース・モデラート嬢（誕生日が来たら十七歳）は困惑《こんわく》の中にいた。

朝、学校の木に登った無作法を風紀顧問《こもん》教師ラルシェに咎《とが》められて反省文を命じられた。昼休み返上でそれを書き、放課後、補習室で待つラルシェのもとへ届けに来た。端的に言えばそれだけのことだ。それだけ、のはずなのだが——。

アリアは今、ラルシェの膝《ひざ》の上にいる。

鍵を掛けられた補習室の中、アリアが真面目《まじめ》に書いた反省文は机の上に放り出され、ラルシェの膝の上でアリアは猫のように可愛がられている。

「可愛いアリア。木に登りたがるなんて猫みたいだな。登るのは好きでも降りるのが下手《へた》なところまで猫みたいだ」

「下手って……！　今日はちょっと足を滑らせちゃいましたけど、あれくらいの木の登り降りなんて簡単なんです。変に下から声をかけられたりしたから、驚いてバランス崩しちゃっただけです。そんなことより――」

アリアは反論しながら顔を上げてラルシェを睨《にら》む。

「学校でこういうことはいけないって言ってるじゃないですか……！」

膝から降りようともがくアリアを、しかしラルシェは抱きしめて放さない。

「そうは言っても、私たちは学校でしか逢えないだろう？」

学士院の中で最も規則が厳しいことで知られる魔法学科寄宿生のアリアは、毎日、同じ学士院の敷地内にある寄宿舎と学校を往復するだけの生活をしている。学士院の外へ出るには、学校と寄宿舎両方に外出届けを出さなければならないが、毎月の試験成績によって外出許可回数が決められるため、落ちこぼれのアリアに外出が許される回数はとても寂《さび》しいと言わざるを得ない。

むっつり黙り込んだアリアに、ラルシェは碧《あお》い瞳を細めて優しく微笑む。

「これはお詫びだよ。人目があるからといって、君に厳しくしてしまったからね。倍返しで君を可愛がらないと」

「私はお詫びなんて求めてません。気になさらなくて結構ですから」

「君が気にしなくても、私が私を許せないんだよ。本当は、可愛い君に反省するところは何もないんだから。反省文なんて書かせて悪かったね」

眼鏡を外したラルシェの碧い瞳は優しい。アリアの頬を撫《な》でる手も、耳元でささやく声も、すべてが優しい。アリアが知る本当のラルシェはこういう人だ。

「ラルシェ様——……」

心地好い腕の中で、ずっと微睡《まどろ》んでいたくなる。子供の頃のように、甘えて我がままを言って、彼を独り占めしたくなる。

けれど——それは出来ない相談だ。今のアリアには大きな秘密がある。絶対、誰にも知られてはならない秘密が。

我に返って顔を強張《こわば》らせるアリアの前で、ラルシェはため息がちに言う。

「まったく、反省するとしたら私の方だよ。可愛いアリアを表立って可愛がれない状況を作ってしまった。せっかく私たちは——」

「ラルシェ様！」

アリアは慌ててラルシェの口を押さえ、続く言葉を遮《さえぎ》った。

「駄目です、いくら扉を閉めていても、うっかり外に声が漏《も》れたら――！」

ぶるぶる頭《かぶり》を振るアリアに、ラルシェは小さく笑って肩を竦《すく》める。

「じゃあ、君にだけ聴こえるような小声で言おう」

ラルシェはアリアの耳元に口を寄せ、

「私たちは結婚して、夫婦になったのに」

とささやいた。

「～～～っ」

結婚。夫婦。何度聞いてもドキリとする言葉だった。アリアは顔を赤くすることしか出来ず、その赤くなった顔をラルシェの胸に埋《うず》めて隠した。

そう――モデラート家令嬢アリアとアルディート王家第三王子ラルシェは、二月《ふたつき》ほど前、正式な夫婦となった。しかしそれは人に明かしてはならないことでもあった。

アリア嬢が誰にも知られてはならない結婚をした経緯《いきさつ》は、こうである――。

◇――＊◆＊――◇

古い家柄の貴族にして魔法能力の家系でもあるモデラート家の令嬢アリアは、転移魔法能力を持って生まれ、居所の定まらない赤ん坊だった。寝かせておいても始終あちこちに空間転移してしまうので、屋敷の者は朝から晩まで令嬢を捜し回る日々だった。

やがてアリアが言葉を話すようになると、神出鬼没の令嬢は歌唱魔法能力も有していることがわかった。歌唱魔法は、歌声に神秘の力を籠《こ》め、様々な事象を起こす魔法だが、アリアの場合は歌声で精霊を呼び寄せることが出来た。

両親はアリアに、歌に惹《ひ》き寄せられて来た精霊に守護を頼み、転移魔法能力の制御を助けてもらいなさいと言った。

本来、魔法とは人間が持つ力ではない。いつの頃からか、その本来はないはずの力を持つ人間が生まれるようになったが、器《うつわ》に合わぬ力を使いこなせない者もいる。そんな時、万物に宿る精霊の力を借りるのだ。

魔法能力がある者は、精霊の姿を見ることが出来る。精霊と契約し、守護を得れば、弱い力は増幅され、制御出来ぬ力は安定する。無理に力の強い精霊を狙う必要はない。相性さえ合えば、小さな精霊でも十分大きな味方になってもらえる。

だが、アリアは精霊との契約交渉が滅法《めっぽう》へたくそだった。

魔法制御を助けてもらう代わり、精霊が求めるものを与える――これが基本的なギブアンドテイクの守護契約だが、その交渉がうまく行った例《ためし》がない。

原因は、魔法制御力に加えて『魔法干渉力《かんしょうりょく》』が低いせいである。

魔法干渉力とは、読んで字の如《ごと》く、魔法に干渉する力。この力が強ければ、精霊の持つ魔法能力に干渉して捕らえ、己のもとへ縛りつけることが出来るのだが、アリアはこの力が無に等しいほど弱く、せっかく呼び寄せた精霊を留《とど》まらせることが叶《かな》わない。

アリアに魔法干渉力がないことを知った精霊たちは、契約の代償としてわざと無理難題を吹っ掛ける。「守護してやる代わりに、王家の秘宝を差し出せ」「家族の生命《いのち》を代償にするなら、契約してやってもいいよ」精霊たちも、本気ではないのだ。何を言ったところで、アリアには力尽くで自分たちを縛りつけることが出来ないとわかった上でのお遊びである。

精霊たちは、美しい歌声（とちょっと変な歌詞）で自分たちを呼び寄せながら、引き留《と》めることが出来ないアリアを格好の玩具《おもちゃ》と見做《みな》し、からかって遊ぶようになった。

おかげでアリアは、精霊たちが悪戯《いたずら》で隠した身の回りの物を捜し回り、木に登ったり庭を掘ったり池に入ったり、貴族令嬢とは思えぬ日常を過ごす羽目になった。木登りが得意なのはそのせいである。

そしてそれは七歳の夏のこと。学士院に通う五歳上の兄が、領地の別荘に同級生の王子様を連れて来た。銀糸《ぎんし》の髪に碧い瞳、人形のように整った顔立ちの美しい王子様だった。

アルディート王家の第三王子ラルシェは、アリアとは正反対に強大な魔法干渉力を持っていた。アリアの傍《そば》に群がっている悪戯精霊たちを、ラルシェは一瞥《いちべつ》で一網打尽《いちもうだじん》にし、片っ端《ぱし》から束縛してペットにしてしまった。

——なんてすごい王子様！

幼いアリアはラルシェをすっかり尊敬し、師と仰いで懐《なつ》いた。自分にもあの技を教えて欲しいと頼んだが、持って生まれた魔法干渉力の低さは如何《いかん》ともし難く、生まれたばかりのか弱い精霊にすら逃げられる始末だった。

他人が束縛した精霊を守護精霊にすることは出来ない。自分の役に立ってもらう精霊は自分で捕まえなければならないのが道理だ。ラルシェがいくら精霊採集が得意でも、アリアはそのおこぼれに与《あずか》ることは出来なかった。

結局、精霊の守護を得られないまま、神出鬼没のアリア嬢は王立学士院魔法学科へ入学する年を迎えた。普通の令嬢は十三歳から入学する学校に、魔法教育を必要とするアリアは十歳から通わなければならなかった。しかも魔法学科は完全寄宿制である。

兄もラルシェも六年生で、まだ在学中だったが、女子部と男子部の校舎は学士院の様々な研究施設を挟んで隔絶されている上、お互い寄宿舎生活なので、まったく接点が作れなかった。ラルシェに逢えるのは、実家への帰省が許される夏や冬の長期休暇くらいで、その時は兄が必ずラルシェを別荘に連れて来てくれた。

休みごとに一緒に過ごす王子様は優しかった。なかなか精霊の守護を得られず、転移魔法を暴走させてばかりのアリアを、ラルシェはいつも優しく慰《なぐさ》めてくれた。アリアがどんな失敗をしても笑って許してくれた。

元々ラルシェが持って生まれた能力は、保護魔法能力である。己や特定のものを、魔法攻撃から保護する力。一見地味な能力だが、アルディート王家は代々この能力を受け継ぎ、魔法の脅威《きょうい》から国と王権を守り続けているのである。

ラルシェが傍にいてくれれば、アリアが転移魔法を制御し損《そこ》ねて庭の大木を引っこ抜いても、池の水を全部巻き上げても、周囲に被害が出ないように収めてくれる。ラルシェ自身に攻撃的な魔法能力はないが、ずば抜けた魔法干渉力で使役《しえき》する精霊に命じれば、火を熾《おこ》すのも氷を降らせるのも朝飯前だった。

優しくて魔法能力の高い王子様への憧《あこが》れは、やがて恋に変わった。けれどそれを自覚するのと同時に、身分と立場の違いにも気がついた。彼は、級友の妹だから自分に優しくしてくれるだけ。彼は王子様で、自分みたいな落ちこぼれ魔法能力者が想っても仕方がない相手だ。

――だから妹でいい。妹としてでも、傍にいられれば――。

アリアが中等学年の五年生に上がる年、兄とラルシェは九年間の学士院教育を終えた。

卒業後、兄は男子部の魔法学科に請《こ》われて教職に就《つ》いたが（父が引退して家を継ぐまでという条件で）、ラルシェは魔法研究のためと言って外国へ留学してしまった。

長い休みには帰国して顔を見せてくれるラルシェだったが、結局のところ、これまでどおりの関係が継続ということである。元より、毎日逢える相手ではなかったのだ。

だが、いつまでも変わらぬままではいられないものもある。子供の頃はまだ「仕方がないなあ」で済まされていたアリアの守護精霊契約のへたくそさも、十五歳を過ぎた頃から、周囲が「いい加減なんとかしろ」と急《せ》き立てるような気配を漂わせ始めた。「このままでは学校を卒業出来ないぞ」と。

一応は九年で卒業の学士院だが、魔法学科に限っては、魔法制御能力の著《いちじる》しく低い生徒は卒業を延期されてしまうのである。まともに魔法を使えない人間を野放しにするわけにはいかないのだから当然の措置とはいえ、アリアの場合、このままでは下手をすれば卒業が無期延期になりかねない。

もちろんアリアも、努力をしていないわけではないのだ。魔法制御の授業は熱心に受けているし、寄って来た精霊たちに礼を尽くして守護を求めてもいる。けれど制御力の成績は一向に上がらず、精霊たちもアリアをからかうばかりで、なかなか本気で交渉のテーブルに着いてはくれないのだった。

それでも、根気よく精霊たちに接していると、稀《まれ》に意地悪ではない精霊が寄って来ることもあった。嬉しくなって、仲良くなろうと話し込んでいると、悩み事を打ち明けられたりする。そうなれば、力を貸してやりたくなるではないか。結果、教師に叱《しか》られる。

「困っている精霊の相談に乗ってやるのはいいでしょう。助けてやるのもいい。しかしこちらからも条件を出しなさい。協力してあげるから自分の守護をして欲しい、となぜ言わないのです。助けるだけ助けて、そのまま逃がしてどうするのですか！」

「だ、だって、これからお嫁さんを迎えるという精霊だったんです。新婚さんに守護契約を持ち掛けてこき使うなんて出来ないじゃないですか」

「お人好しも大概《たいがい》にしなさい！　精霊の新婚生活を心配している場合ですか、そんなことではいつまでも学校を卒業出来ずに自分の婚期を逃しますよ！」

「すみません、頑張ります〜！」

そうして精霊の守護を得られないまま、教師に叱られ続け、謝り続けて今年、八年生になる前の夏休み――。アリアのお人好しは血筋だとわかる事件が起きた。

父と兄が、それぞれ友人から借金の保証人を頼まれ、書類にサインした途端、これまたそれぞれその友人が姿を晦《くら》ましてしまったのだ。

ふたりは明らかに計画的な夜逃げだったが、そうと気づかないのがモデラート一家である。彼らにはきっと、已《や》むに已まれぬ事情があったのだろう——そんな風に同情こそすれ、恨むとか憎むといった感情が湧かないのがモデラート家の人間だった。

ともあれ、この一件でモデラート家は、王都と領地に所有する財産をすべて差し押さえられても追いつかないほど莫大《ばくだい》な負債を抱え込むこととなった。

債権はとある高利貸しが一手に握っており、返済の足りない分を帳消しにする条件として、アリアを息子の花嫁に、と言ってきた。彼の息子が、どこぞでアリアを見かけ、その歌声に一目惚《ぼ》れしたらしい。

しかし、落ちこぼれ魔法能力者のアリアは学士院の卒業見込みも覚束《おぼつか》ない身である。結婚など無理な話だ。しかも学士院は男女交際禁止の校則がある。家族もアリア自身もそう言って金貸し親子を説得しようとしたが、アリアに惚れ込んだ息子が、結婚を前提とした交際ならば許されるという特例をどこかで聞き込んでくると、ならば婚約だけでも正式にと言って譲らない。

——これを婚期が来たとは言わないわよね……⁉

さすがのアリアも受け入れ難い展開だったが、借金があるという弱みから、強く抵抗出来ない。魔法を使ってなんとかしようなどとも思いつかない。足元を見た金貸し親子は調子に乗り、夏休みが終わってアリアが寄宿舎へ戻る前に婚約披露《ひろう》をしようと言い出した。のんびりお人好しなモデラート一家は、パワフルな金貸し親子にすっかり主導権を握られ、あれよあれよという間に気がつけばアリアは婚約披露パーティの席に座らされる寸前だった。予期せぬことが次々に起こり、竜巻の中に放り込まれたような感覚で、もう何がなんだかわからなくなっていた。

そこへ、留学先から夏休みを取って帰国したラルシェが顔を出したのである。アリアを巻き込んだ竜巻はその時、逆回転を始めた。

パーティの控室で呆然《ぼうぜん》としているアリアから事情を聞き出したラルシェは、アリアをその場から救い出してくれた。もちろん金貸し親子はアリアを取り戻そうと追って来たが、それを追い払うためにラルシェはとんでもない行動に出たのだ。

アリアを腕の中に庇《かば》い、ラルシェはしれっとした顔で言った。

「一体、これは何の騒ぎですか？　アリア・ド・イース・モデラート嬢は、すでに私の妻ですが」

アリア自身も、ラルシェが何を言い出したのかと驚いたが、金貸し親子も当然、そんな馬鹿なと信じない。関《かか》わりのない王子様は黙っていろとばかりにアリアを奪い返そうとしたが、ラルシェの呼んだ風の精霊が親子を吹き飛ばした。ふたりが転がっている間にラルシェは、ドレス姿のアリアの首筋に素早くくちびるを寄せた。

突風に足を掬《すく》われた金貸し親子が再び立ち上がった時、アリアの白い首筋にはアルディート王家の紋章が紅《あか》く浮かび上がっていた。

「これが証拠です」

それは、王族が保護魔法により配偶者の肌に刻む《婚姻の印》だった。相手を一生守るという、誓いの印でもある。

「今までそんなものはなかったぞ……⁉」

瞳《め》を見張る親子に、ラルシェは依然《いぜん》余裕の表情でうそぶいた。

「夫たる私に反応して、浮かび上がったのですよ。アリアはおとなしい娘ですから、突然の借金騒ぎにびっくりして、どうしていいのかわからなくなってしまったのでしょう。私を頼ってくれれば、すぐ解決する問題だというのに――」

ラルシェはそう言って、アリアの額《ひたい》に愛《いと》おしげな口づけを落とした。

この時点で、アリアの頭の中は完全に恐慌を来《きた》していたが、借金の形に花嫁を得ようとする男より、初恋の王子様の方がいいに決まっている。どんなに働かない頭でも、それは一瞬で答えの出る選択だった。

「も、申し訳ありません、ラルシェ様にご迷惑をおかけしたくなくて……」

アリアは必死に話を合わせ、ラルシェに寄り添った。

「そのいじらしいところが可愛いんだけれどね」

優しく笑いながらラルシェはアリアの頭を抱きしめる。

金貸し親子に見せつけて、駄目押しをするつもりなのだろうとはわかったが、この手のことの経験値が低いアリアにはもう限界が近づいていた。ラルシェの腕の中でどんどん身体が熱くなり、ついには頭がドカンと爆発するような感覚と共に、転移魔法が暴走した。

街外れの雑木林に空間転移したアリアが、捜しに来てくれた兄に保護された時には、すでにラルシェがモデラート家の借金をすべて返してくれていた。

今度は王家に対して大変な借金を作ってしまったと震えるモデラート家だったが、程無くして件《くだん》の金貸し親子の悪事が次々と発覚し、モデラート家が被《こうむ》った借金も詐欺《さぎ》によるものだったことが証明され、差し押さえられた財産は戻ってきた。

すったもんだあった嵐のような夏休みも、これですべてが元どおり——になったかに見えて、実はまだ大きな問題が横たわっていた。借金は消えたが、アリアの肌に刻まれた《婚姻の印》は残っているのだ。

魔法で刻まれた誓いの証《あかし》は、消すことが出来ない。王族の結婚にやり直しはないのだ。

それだけに、配偶者選びは慎重に慎重を期すこととなるが、予想外のなりゆきで、アリアとラルシェは正式な婚姻の誓いを交わしてしまったのである。

──初恋の王子様と、こんな形で結婚することになるなんて……！

だが、僥倖《ぎょうこう》をうっとりと喜んでいる場合ではなかった。優秀な魔法能力者揃《ぞろ》いのアルディート王家が、魔法制御の出来ない娘を王子の妃として認めるはずがない。家柄は辛《かろ》うじて合格ラインとしても、魔法能力者としては、アリアは門前払いのレベルだった。

果たして、アリアの首筋に刻まれた消せない《婚姻の印》を見た王はため息を吐《つ》き、ふたりの結婚を認めるための条件を出した。アリアがきちんと魔法制御力を身に付け、学士院を卒業すること。それまで、この結婚は内密にすること──。

幸い、金貸し親子は揃って監獄にいるため、彼らの口は封じられている。あとは当事者たちが口を噤《つぐ》んでいれば、秘密は守られるということだった。

斯《か》くしてアリアは大変な秘密を抱えて新学期を迎えた。

それでも、元々ラルシェとはそう頻繁《ひんぱん》に逢えるものではないのだから、人に関係を疑われるようなボロは出ないだろうし、彼が留学先へ戻っている間に頑張って精霊の守護を得れば、王の出した条件をクリア出来る──そう前向きに考えていたのである。

ところが、留学先に戻ったはずのラルシェが、なんと魔法研究院の研究者兼教師としてアリアの前に現れたのだ。びっくり仰天《ぎょうてん》したアリアは、人の目を盗んでラルシェを問い詰めた。

「どうしてラルシェ様がここに……⁉　留学は……⁉　教師って一体……⁉」

「研究の続きはアルディートでも出来るし、可愛いアリアを傍《こ》で見守りたかったんだよ」


「こんなこと、陛下がお許しになったのですか」

「精霊の扱いにかけては、今の学士院に私以上の人材はいないからね。アリアに早く精霊の守護を付けさせる協力をしたいと言えば、父も許可せざるを得ないよ」

「――では、ラルシェ様が私の担任になるのですか」

毎日ラルシェの顔を見られるのは嬉しいが、隠さなければならない秘密がある状態で、それはどうなのだろう。必要以上に人目を気にしてしまいそうだ。

「これから毎日、緊張してしまいます……」

小さな声で言って俯《うつむ》くアリアに、ラルシェはふっと微笑《わら》った。

「私は毎日アリアの顔が見られて嬉しいよ」

「それは――私もそうですけど……っ」

顔を上げるアリアをラルシェは抱き寄せた。

「可愛いアリア」

ラルシェがアリアの耳元にそうささやいた時、近くで人の足音が聞こえた。慌《あわ》ててラル

シェから離れたアリアは、心臓をドキドキさせながら、

「失礼します、先生！」

大げさなほどよそよそしく頭を下げてその場を駆け去ったのだった。

——どうしよう、どうしよう、こんな調子で私、これから大丈夫かしら……⁉


アリアの不安は、しかしすぐ混乱に変わった。

教師としてのラルシェは、アリアの知らない人だったのである。気位《きぐらい》が高く皮肉屋で、授業にも風紀にもやたらと厳しい王子様先生。ほんの少しの失敗も見逃してくれず、補習と宿題と反省文の山。銀縁《ぎんぶち》眼鏡の奥に光る碧い瞳はサディスティックで、まるで生徒を虐《いじ》めて楽しんでいるかのようだった。

——こんなラルシェ様、私、知らない！

戸惑《とまど》うアリアだったが、補習室に呼ばれてふたりきりになれば、これまでどおり優しいラルシェが待っていた。

「——あの、ラルシェ様、これは一体……？」

膝の上に載《の》せられて可愛がられながら首を傾《かし》げると、眼鏡を外したラルシェは優しい微笑みを浮かべて言った。

「人前では、私たちの関係を見破られないように、『厳しい教師と失敗ばかりの生徒』という設定を守ろう。でも、ふたりきりの時はこれまでどおりだよ」

「ああ……なるほど。『意地悪なラルシェ先生』は人目を忍ぶ仮の姿なんですね。よかった……。私、あんなラルシェ様を見たことがなかったから、驚いてしまって――」

胸を撫で下ろすアリアに、ラルシェはからかうように言う。

「意地悪？　私は意地悪だった？」

「だって！　立つのも歩くのも何をするのも行儀が悪いと注意されて、もう息を吸うことさえ許されないような気になっちゃいました」

「ごめんごめん。本当は、アリアは何をしても可愛いよ」

「それは買い被りというか、身内の贔屓目《ひいきめ》だと思いますけど……」

アリアは苦笑してから訊《たず》ねる。

「あの、じゃあ私は、『ラルシェ先生』のことをどういう風に見ているということにすればいいんでしょう？　厳しい先生を怖がってる？　嫌ってる？　逃げ回る感じですか？」

「アリアに嫌われて逃げられたら、私は泣いてしまうな！」

ラルシェは大げさに嘆《なげ》いてみせる。

「でも、そういう設定なんじゃないんですか？」

「逃げなくてもいいよ、普通に接してくれれば。そうだな――でもあんまりしょんぼりされると、本当に私が虐めているように見えてしまうから、少し言い返してくるくらいがいいかな」

「が、頑張ります……！」

「アリアは頑張らなくても可愛いから大丈夫だよ」

「もうラルシェ様、可愛いとかなんとかじゃなくて、これは私たちの関係を隠すための相談でしょう……!?」

なんでもかんでもアリアを「可愛い」で済まそうとするのがラルシェの欠点だ。アリアとしては、そんな親馬鹿的な評価で甘やかされるのが不満だった。

ラルシェの膝に載ったまま、アリアはキッと顔を上げた。

「私、本当に頑張ります。この秘密を守るために――。だからラルシェ様も、人前では私に遠慮なく厳しくしてください」

そう宣言してから、少し弱い口調で続ける。

「――ラルシェ様が本当は優しい方だというのを、みんなに知ってもらえないのは残念ですけど……。でも、みんながそれを知ってラルシェ様が人気者になってしまったら、私なんて傍に寄ることも出来なくなっちゃうかもしれないから……それは寂しいから……みんなの前では、『厳しいラルシェ先生』でいいかな、って――ごめんなさい、勝手なこと言ってますね、私……」

「可愛いなあ、アリアは！」

ラルシェは破顔してアリアを抱きしめた。

「ラルシェ様……」

この腕の中が好きだ。彼に優しく抱きしめられると、すべてがどうでもよくなってしまう。大好きな人に優しくされる幸せは、頭の中をやわらかくとろけさせてしまう。

けれど本当は、とろけた幸せの底に、もやもやとした不安がある。

――ラルシェ様は本当にこれでよかったの？　なりゆきで私と結婚してしまったけれど、ラルシェ様に相応《ふさわ》しい女性は他にいくらでもいたはずなのに。

この結婚はアクシデントだ。借金の形として売られそうになった幼なじみの少女を救うため、ラルシェは同情で《婚姻の印》を刻んだだけで、これはただの人助けなのではないか。同情と人助けで結婚してしまっていいのか。

ラルシェは、自分に消えない印を刻んでしまった責任感で、優しくしてくれているだけなのではないか？　昔から甘々な人ではあったが、膝の上に載せての猫可愛がりまではなかった。それが今は、補習室でふたりきりになるなり、抱き上げられて膝の上に載せられてしまう。

もしかして、ラルシェは無理にラブラブな夫婦を演じようとしているのではないか？

自棄《やけ》になって自分を可愛がっているのでは？

そんな風に考えると悲しくなるので、自分に出来ることを考えるよう頭を切り替える。

どんな事情があったにせよ、一度刻んだ《婚姻の印》は消せない。ラルシェの伴侶《はんりょ》はアリアに決定してしまった。ならば自分が頑張って、彼に相応しい人間になるしかない。自分に出来ることはそれだけしかない。

――早く精霊の守護を得て、魔法制御を助けてもらわないと。

もっとも、それが出来るようになって、やっと人並みなのだが――。

◇――＊◆＊――◇

「――アリア？　何を考え込んでいるんだい？」

ラルシェの膝の上で物思いから醒めたアリアは、はっとして美貌の王子様を見つめ返した。ラルシェは目線が合ったのを喜ぶようにアリアの頬を撫でる。

アクシデントで結婚してしまってから二月《ふたつき》余り、彼の自棄になったような甘やかし方は相変わらずだ。

　校舎の隅にいくつも並んだ補習室の中で、ラルシェはいつも窓のない部屋を選んでアリアを呼ぶ。人の目を恐れず、アリアを可愛がるためだ。それでもここが学校の中だという状況がアリアを緊張させる。だから過度な接触は控えて欲しいと頼んでいるのに、アリアの言うことならなんでも聞いてくれるラルシェがそれだけは聞いてくれない。

「私の膝の上で、私以外のことを考えていたなら許せないけど――？」

「違います、ラルシェ様のことを考えていました。私はいつもラルシェ様のことしか考えていません！」

　アリアの正直な返事に、ラルシェは満足そうに微笑んだ。

「――可愛いアリア」

　アリアの髪を撫でたラルシェの指が、そのまま左の耳を撫で、ブラウスの襟《えり》に掛かる。学士院女子部の制服はブラウスの襟が大きく、そこに髪を垂らせば、首筋に刻まれた《婚姻の印》をうまく隠してくれる。だが意識的に襟をずらせば、百合《ゆり》を模《かたど》ったアルディート王家の紋章が簡単に暴かれてしまう。

　普段はうっすらとしか見えない印が、ラルシェの指になぞられると、アリアの胸の高鳴りを表すように濃く浮き出てくる。ラルシェは度々《たびたび》こうやって、アリアの肌に刻まれた印を確かめる。それは一体、どんな心理によってなのか。

戸惑うアリアをよそに、ラルシェは《婚姻の印》が浮き出た首筋に優しく口づけた。

「――」

一際《ひときわ》高く心臓の鼓動を聞いた瞬間、アリアはラルシェの腕の中から消えていた。

## 当事者その二の苦悩

早まったか――。

そう思った時は、いつもすでに遅いのだ。

腕の中にいたアリアが消えたあと、ラルシェは苦笑いして頭《かぶり》を振った。そこへ、

「懲《こ》りねーなあ、おまえも」

誰もいないはずの補習室の中、呆《あき》れを含んだ声と共に、闇を纏《まと》ったような黒髪黒衣の青年が姿を現した。鋭い目つきが猛禽類《もうきんるい》を彷彿《ほうふつ》させるとおり、ラルシェを守護する黒鷲《くろわし》の精霊である。

精霊は実体として人の姿を持たないが、人間と会話をする時は、便宜上《べんぎじょう》、人の姿を取ることが多い。質量を感じさせない仕種《しぐさ》で、黒鷲の精霊はふわりと机の上に腰掛ける。

「逃げられるとわかってて、なんでいつも手を出すかねえ」

「アリアが可愛い過ぎるからに決まっているだろう。あの可愛さを前に、触らずにいられれ

るわけがない」

　真顔で答えるラルシェに、黒鷲の精霊は肩を竦《すく》める。

「おまえそれ、変質者の理屈って言わねーか？　人間も大人になれば、分別ってやつが付くものなんだろ？　少しは我慢を覚えろよ」

「アリアの可愛さは分別を超えたところにあるんだ」

「そんなにいいかねえ、あのお嬢ちゃんが。黙って座ってる分にはまあ見られるが、立って動き始めたらもう駄目だろあれは。バタバタして落ち着かねーし、魔法の制御はからっきしだし」

「出来ない子ほど可愛いんだよ」

「おまえは『可愛い』しか言えねえオウムか！」

「アリアを形容するなら、その一語だけ知っていれば事足りるな」

「あー、もうやってられねー。この俺様がこんな色ボケ野郎に束縛されるなんて、仲間に知られたら恥ずかしくて外も歩けねえ。そのバカを晒《さら》すのは人目のないところだけにしろよな！」

　悪態を吐《つ》くだけ吐いて姿を消した黒鷲の精霊に、ラルシェは二度《ふたたび》苦笑いを浮かべた。

　もちろん、人前でこんな醜態《しゅうたい》を演じる気はない。自分の腕から逃げる女など、アリアだけだ。

制御出来ない転移魔法能力者のアリアは、最近、ラルシェの前で力を暴走させることが増えた。以前はむしろ、ラルシェの前でだけは安定していたのだ。ラルシェが傍《そば》にいれば魔法の暴走被害を食い止めてくれるという信頼が、アリアを落ち着かせていた。

それが今は、アリアの瞳の奥に見えるのは戸惑《とまど》いばかりだ。

――やはりあの時、早まったか……。

秘密の当事者その二を悩ませる経緯《いきさつ》とは、こうである――。

◇――*◆*――◇

ラルシェはアルディート王家の第三王子として生まれた。上に兄がふたり、下に弟がふたり。男ばかりの五人兄弟である。

揃《そろ》って保護魔法能力に恵まれた兄弟の中でも、精霊を使役《しえき》する能力――魔法干渉力《かんしょうりょく》はラルシェが一番だった。幼い頃から、虫を捕まえるように精霊を捕まえ、ペットにして飼っていた。

王立学士院の級友、アルト・ド・ラース・モデラートから妹の話を聞いたのは十二歳の時だった。彼の妹は歌唱魔法能力者で、歌声に精霊が惹《ひ》き寄せられてくるのだという。精霊コレクターとして興味を抱き、モデラート家の夏の別荘へ遊びに行った。

涼しげな湖のほとりで、暖かなお陽様色の髪をした七歳のアリアが歌っていた。周りには、銀キャベツの精霊や十年ネズミの精霊など、滅多《めった》に見ない珍しい精霊がうようよ集まっていた。その光景に感動した。

ラルシェは精霊を捕まえるのは得意でも、呼び寄せることは出来ない。とりわけ最近は、精霊たちの間でも「アルディートの第三王子に近寄ると問答無用で縛りつけられる」と噂になっているようで、新しいペットを見つけるのに苦労していた。

精霊たちは、髪を引っ張ったり湖の水をかけたりして、アリアをからかって遊んでいる。目の前のレア精霊パラダイスに我慢出来ず、ラルシェが片っ端《ぱし》から精霊たちを捕まえると、悪戯《いたずら》から解放されたアリアにキラキラした瞳を向けられた。

アリアは、精霊を呼び寄せることは出来るが、捕まえることが出来ないのだと言った。ラルシェとは正反対だった。

この日以来、ラルシェはアリアからひどく尊敬され、懐《なつ》かれてしまった。

子供はあまり好きではなかったはずなのに、不思議とアリアのことは鬱陶《うっとう》しいと思わなかった。それどころか、小さな女の子が自分の後をとことこ付いてくるのを可愛いと感じた。——そうだ、自分は弟ではなくて妹が欲しかったのだ。

アリアを妹のように可愛がり始めると、際限がなくなった。

微笑みかければ微笑み返してくれる少女が可愛くてならなかった。この可愛い女の子の頼みならなんでも聞いてやりたいし、なんでもしてやりたいと思うようになった。制御出来ない転移魔法能力を持つアリアのために、力を貸してやりたかった。

だが精霊相手には効果覿面《てきめん》なラルシェの魔法干渉力も、人間相手には効果が薄い。剝《む》き出しの自然の力が凝縮《ぎょうしゅく》した存在である精霊には魔法干渉の網も掛けやすいが、生身の肉体を持ち、不安定な心を抱える人間という生きものに宿る魔法能力は、簡単に干渉出来ないのだ。元が制御不能の力となれば、尚更である。

生まれ持った制御力が低いなら、精霊の助けを借りるしかない。けれどラルシェが捕まえた精霊はラルシェの守護精霊になってしまい、アリアの役には立たない。アリアにはなんとか、自分で守護精霊を捕まえてもらうしかない。

アリアは精霊に好かれる。そのくせ、だからこそ、精霊を捕まえることが出来ない。魔法干渉力が低いだけでなく、優し過ぎるのだ。精霊の話を聞き、精霊の都合を先に考えてしまうから、自分の都合を言い出せない。

彼女が学士院の魔法学科に入学してからも、こんなことがあった。

ある日、アリアのもとに野ウサギの精霊が悩み事を持ち込んだのだという。棲《す》み処《か》としている山に、夜な夜な人間の少女がやって来て葦笛《あしぶえ》の練習をする。それがまたへたくそで、うるさくて敵《かな》わない。脅《おど》かして追い払おうとしたが、普通の人間に精霊の姿は見えないので効果がない。どうしたものか――と。

一時的に野ウサギの精霊の守護を得たアリアは、寄宿舎から野ウサギの精霊の棲み処がある山までひとっ飛びで空間転移した。人の好いアリアは、笛吹き少女を脅かして追い払おうとはせず、声をかけて話を聞いた。

少女は芝居小屋で働いているのだが、担当している葦笛の演奏が下手《へた》過ぎて、このままでは一座を追い出されてしまうという。それで、人が寝静まった夜更《よふ》けに山へやって来て、ひとりで笛の練習をしているとのことだった。

野ウサギの精霊が困っているから練習場所を変えて欲しいと頼むのは簡単だが、場所を変えたら変えたで、今度はそこに住む精霊が迷惑するだろう。事を丸く収めるには、少女の笛を上達させるしかない。

その話を聞いた葦の精霊が、面白がって笛の教師を買って出てくれた。だが精霊が見えない少女に直接教えることは出来ないので、アリアが仲介することになる。アリアまで葦笛の練習をする羽目になり、幾晩も練習を繰り返して、やっと少女の笛の腕を人並み程度まで向上させることが出来た。お山の葦笛教室はそこでお開きとなった。

ここで、相談協力料として野ウサギの精霊と守護契約を交わし、ついでに仲良くなった葦の精霊の守護もゲット出来れば上々というところだが——お人好しのアリアにそのような立ち回りは出来なかった。

一仕事終えた葦の精霊は呼び止める間もなく棲み処へ帰ってしまい、棲み処の静寂《せいじゃく》を取り戻した野ウサギの精霊が言うには、これから花嫁を迎えてここで暮らすのだという。だからうるさいのは困るとアリアに相談したのだ、と。

新婚の精霊に守護を頼むのも気が引ける——そう考えたアリアは、契約の話を切り出せないまま、寄宿舎へ帰るための空間転移の協力を最後に野ウサギの精霊と別れた。

ところが間の悪いことに、これまで見つからずにいた夜中の無断外出が、この夜に限ってちょうど舎監の見回りとかち合ってしまい、とうとう見つかってしまった。仕方がないので事情を説明すると、無断外出自体よりも、なぜせっかく関《かか》わった精霊と守護契約を結ばなかったのかと叱《しか》られた。

結局、精霊を無償で助けてやって、無断外出のペナルティとしてなけなしの外出許可回数を減らされ、反省文を書かされて、アリアは何も得をしていない。

「あ、でも、おかげで葦笛は上手になりましたよ！」

笑顔で語るアリアが可愛くて、めちゃくちゃに抱き潰《つぶ》してやりたくなって困った。

万事、アリアはこの調子なのだ。自分の都合より相手の都合を優先させ、自分は貧乏くじを引いてしまう。

けれどアリアのその優しさと不器用さが、ラルシェには愛《いと》おしく思えてならなかった。

お人好しは、モデラート家の血筋なのだろう。兄のアルトもそういうタイプだ。クラスメイトにいいように利用されても、いつもにこにこしている。放っておけない兄妹なのである――。


学士院を卒業したあと、ラルシェは魔法石研究の道に進んだ。

魔法石とは、所持するだけで魔法能力を制御したり増幅させたりすることの出来る道具の総称である。単純に魔法の攻撃力や防御力を上げる石は作りやすく、魔法制御を助ける石を作り出すのは難しいと言われるが、しかし精霊契約が下手な魔法能力者のために世界中で研究されている分野である。

もちろん、アリアのために選んだ進路だった。アリアのあの性分《しょうぶん》では、いつまで経《た》っても精霊を捕まえられそうにない。まだ世界で誰も完璧な魔法制御石を作り出せた者はいないが、自分がその世界初に挑む方が早いのではないかと思えたのだ。

そうして魔法石研究が盛んな国への留学を繰り返し、学士院の休みに合わせて休暇を取ってはアリアを可愛がるという生活を続けていたある日――。

アリアと過ごす夏休みを楽しみに帰国すると、なんとアリアが借金の形に嫁入りさせられそうになっていた。いくらお人好し一家でも、この流され方はあんまりだろう！　つい頭に血が昇り、アリアに《婚姻の印》を刻んで先約を主張し、下種《げす》な金貸しを追い払った。

早まった――と思ったのは、すべてが片づいてからだった。

見るからに胡散臭《うさんくさ》い高利貸しの悪事は、少し探っただけでボロボロと明るみに出た。別にあの場で自分と婚姻関係を結ばせなくても、初めからこうして連中の悪事を暴いてやれば、アリアの身売りは簡単に止められたのだ。

あの時は、まともな判断力がすっかり消え失せていた。アリアをどこの馬の骨ともわからぬ男に奪われる――そう思ったら、独占欲が暴走した。

いつの頃からか自分は、アリアを妹とは違う存在として見ていたのだ。すべてが片づいたあと、改めてアリアの白い首筋に浮かぶ《婚姻の印》を見た時、そのことに気がついた。妹だと思っていたなら、いくら我を忘れていてもこんなことはしない。

自分の本心に気づいた驚きと共に、早まった――と思った。

アリアの反応を窺《うかが》えば、急な展開に驚いている様子はあったが、この事故のような結婚を厭《いや》がっている風ではなかった。元よりアリアは自分を兄のように慕《した》ってくれている。結婚というものも、その親しい関係の延長線上に見ているのかもしれなかった。女子校育ちの箱入り娘なアリアならあり得る話だ。

——つまり、アリアからすれば私は兄のような存在のまま、ということだ。

それで何が出来る？

もっとちゃんと、アリアの精神的な成長を待ってから動くべきだったのだ。だが、アリアを手元で守り続け、純粋培養してしまったのは、外《ほか》ならない自分だとも言える。ならば自分でなんとかしなければ。アリアに恋を教える相手が自分以外であってはならないのだから。

幸いと言うべきか、アリアにまともな魔法制御力が付くまでこの結婚は内密にするよう父王に命じられた。アリアを育てる時間をもらったのと同じことだった。

アリアの守護精霊契約を助けるためと方便を使い、留学を切り上げて王立学士院の魔法研究院へ入ることにした。留学を繰り返したおかげで語学は得意だ。女子部の教養学科と魔法学科で外国語と魔法倫理の授業を受け持つことにした。とにかくアリアと一緒に過ごす時間を作りたかった。

「だーいぶ金と権力にものを言わせて、女子部の教師に納まったよなあ？」

ラルシェに対して一番気安い口をきく守護精霊が、黒鷲の精霊だった。ラルシェの裏工作を見ていたようで、しっかり厭味《いやみ》を言いに来た。しかしラルシェは悪怯《わるび》れない。

「金も権力も、こういう時に使わなくていつ使うんだ」

「ふん。精霊を問答無用に縛りつけてこき使うドS野郎に、魔法の倫理なんて教わりたくねーよな。相手が嫌がることをしてはいけません、って親や先生から教わらなかったのか？」

「喧嘩は弱い方が負ける、負け犬はよく吠《ほ》える、という真理なら教わったな」

「誰が負け犬だッ」

「私との守護契約が厭なら、いつでも逃げればいい。――私の束縛から逃れられるなら」

ラルシェの碧い瞳が冷たく光ると、黒鷲の精霊が文字通り縛りつけられたように身体を硬直させた。そして唸《うな》るような声を出す。

「あぁ～、この粘着野郎に気に入られたお嬢ちゃんが気の毒だ……！」

「私はアリアには優しいよ。アリアにだけはね」

ふっとラルシェの瞳が和《なご》んだ瞬間、黒鷲の精霊の縛《いまし》めも解ける。

「くそっ、覚えてろよ！　いつかおまえをけちょんけちょんにしてやるからなー！」

精悍《せいかん》な青年の姿を取って現れる割に、子供っぽい捨て台詞《ぜりふ》を吐いて消える黒鷲の精霊だった。

学士院での教師生活が始まると、アリアに驚かれてしまった。

そういえば、アリアは知らないのだ。自分が甘い顔をするのはアリアに対してだけなのだということを。それ以外の人間に愛想を振り撒《ま》く趣味はない。

とはいえ、せっかくアリアに優しい人間だと思われている好印象を捨てることもないだろう。教師としての厳しい態度は秘密を守るための演技だと説明すると、アリアはそれを素直に信じてくれた。この単純さがアリアの愛すべき美点だ。

ラルシェとしては正直、アリアとの結婚が周囲に知られたら知られたでかまわないと思っている。父王に叱られようと、学校側に苦言を呈されようと、一度刻んだ《婚姻の印》は消せないのだから。アリアはもう自分のものだ。父には謝り、学校には事情を受け入れてもらうしかない。

いざとなれば、ラルシェはそれでいいと思っているのだが、アリアはこの関係を隠すことしか考えていない。王の命令は絶対だと思っているのだ。アリアのそんな真面目《まじめ》さは可愛いところだし、秘密を隠そうとしてドタバタするところも愛らしいので、それを眺めて楽しんでいた。

だがやはり、早まったか――と思う瞬間が度々《たびたび》訪れるのも確かだった。

アリアの戸惑いを突きつけられることが日に日に増えてゆく。抱きしめた腕の中から彼女に消えられるのは、これで何度目だ？

逃げられる度に傷つくのだ。俗っぽい言い方をすれば、へこむのだ。

自分への好意は確かに感じ取れるのに、その一方でアリアの瞳から戸惑いが消えない。兄のように慕ってきた男との結婚という現実に、アリアの気持ちがまだ追いついていないのだろう。この関係を隠さなければならない、という使命感にばかり囚《とら》われて、結婚の内実にまで神経が行っていない、とも言える。アリアの純真さが仇《あだ》となった形である。

もちろん、ラルシェにもわかってはいるのだ。本当の甘い生活は、アリアが学校を卒業してから。それまでは、彼女が魔法制御力を身に付ける協力をするのが先決だ。大体にして、こんな風に転移魔法の暴走を許す限り、手の出しようがないのだから。

ただ、アリアの肌に刻まれた《婚姻の印》の存在を感じる度、彼女は自分のものだという思いが昂《たか》ぶり、先へ進みたくなる。逃げられるだろうとわかっていても、腕の中へ閉じ込めずにいられない。

要は自分の堪《こら》え性《しょう》のなさが問題なのか――。

◇――＊◆＊――◇

「――アリアが可愛過ぎるのが悪い」
ラルシェは誰にともなく言い訳するようにつぶやくと、机の上に目を遣《や》った。そこには
アリアが書いた反省文と、宿題のノートが置かれている。
ノートの中身は、魔法倫理の教科書の書き写しである。ラルシェは丁寧《ていねい》な字で書き写された数ページ分を流し見て、そのあとに続く文章を読んだ。

ラルシェ様へ
朝はすみませんでした。

今日は音楽の授業に芸術院の方から声楽の先生がいらっしゃるので、どうしてもあの楽譜が必要だったのです。そういう時に限って、風の精霊が悪戯をするんですよね……。

でも授業で歌った歌は褒《ほ》められましたよ！　練習していった甲斐《かい》がありました！

次の授業は歌以外で楽器の特技を見せることになったので、葦笛を吹こうと思います。まだちゃんと吹けるかしら。これも練習しておかないと。

そういえば、あの時の芝居小屋の女の子は元気にしてるかな。いつかラルシェ様とあの芝居一座を観《み》に行けたらいいなと思います。

ラルシェ様とは普通に街を歩くということをしたことがないので、そういうデートをしてみたいです。

……って、『デート』なんて言葉、男女交際禁止の学士院では口にすることも耳にすることもないので、こうして文字で書くだけでドキドキしますね……！

ラルシェ様、私が学校を卒業出来たらいっぱいデートしてくださいね！（あっ、また『デート』って書いちゃった！）


「――……」

ノートを広げたまま、ラルシェは天を仰いだ。

――可愛過ぎるだろう……！

これで、自分を嫌っているということはあり得ない。明らかにアリアは自分を好いている。自分をデートしたい相手と見ているなら、『兄』は卒業して恋人くらいには昇格しているのではないか？

ならば、なぜ逃げるのだ。街を一緒に歩くデートはしたいけれど、ふたりきりで甘く語り合う時間を持つのはまだ早い、ということなのか。兄以上、恋人未満か⁉　純真乙女の引くラインを見定めるのは難しい！

頭を抱えて身悶《みもだ》えるラルシェの背後に、

「おまえ――お願いだからその病気、外で見せるなよな」

一度引っ込んだ黒鷺の精霊が、念を押すように言いながら再び姿を現した。

「わかっている。ちゃんと気をつけているさ」

ラルシェはコホンとひとつ咳払《せきばら》いをして背筋を正す。

「なんだ、病気を自覚してんのか」

「この世で、『アリア病』に罹《かか》っていいのは私だけだからな」

「手の施《ほどこ》しようがねえ重病だな！」

「ああ、重病だよ。でも幸せな病《やまい》だ」

落ちこぼれ魔法能力者でも、思いどおりにならない純真乙女でも、だからこそ愛おしい。

アリアが書いた文字を見るだけで幸せな気分になる。まさか自分が宿題に紛《まぎ》れた交換日記などをして喜ぶ男だったとは我ながら驚きだが、普段口に出す言葉よりも素直な思慕《しぼ》の情をアリアが見せてくれるこの日記のやりとりはやめられない。

ラルシェは頬を緩《ゆる》ませながら、ノートの続きに返事を書き込む。

可愛いアリアへ
アリアの行きたいところだったら、どこへでも連れて行ってあげるよ。

卒業を待たなくても、次の冬休みあたり、一緒に外国へ旅行しようか？　外国なら人目を気にしないで済むから、好きなだけ街でデートが出来るよ。

案外、そうやって気分転換をすれば、精霊ともまた違った付き合い方が出来るかもしれない。違う土地の精霊とならうまくやっていけるということもあるかもしれないし、一度試してみるのも手じゃないかな。

大丈夫、旅行の手配は私がすべてやってあげるし、アリアは自分の荷物だけ準備すればいいよ。家族に説明が必要なら、モデラート家の方には私が――


そこまで書いたところで、ノートを覗《のぞ》き込んだ黒鷲の精霊がツッコミを入れた。

「おまえは彼女を外泊旅行へ誘うのに必死な青臭《あおくさ》い男子学生か！」

黒鷲の精霊はがっくり肩を落としてぼやく。

「もう勘弁してくれよ……。本当のおまえは、冷たい瞳で情け容赦《ようしゃ》なく精霊を縛りつける氷の王子様だろ⁉　昔はそうだったよな⁉　そんな奴に捕まったなら、俺だってまだプライドを保てるんだ。それがこんな、出来損《できそこ》ないの小娘にメロメロな情けねーところを見せるな！　俺が悲しくなるだろ――ッ」

最後に悲痛な叫びを上げて姿を消した黒鷲の精霊に、

「アリアが可愛過ぎるんだから仕方ないだろう」

まったく悪怯《わるび》れない返事を送るラルシェだった。

# 観察者と当事者の交錯　～学校にて～

そんな当事者たちの事情など露知《つゆし》らず、自称内気で人見知りな観察者は唸《うな》っていた。

「うぅ～。今週中にって言われてるのに、いいスクープが見つからない～。このままじゃ新聞部をクビになっちゃう～。不安で食事もろくろく喉《のど》を通らないわ～」

「そう言いながら、パクパク食べてるその厚切りローストビーフは何なのよ」

場所は学士院の中庭、時間は昼休みである。天気がいいので、フェルトとメゾは庭に出て昼食を摂《と》っていた。

「部長は『まともな記事を書いてこい』って言ったんでしょ？　別にスクープじゃなくてもいいじゃない。真面目《まじめ》に校内活動に励んでいる委員会の密着取材とかどう？」

「そんなの面白くないじゃない！」

「校内新聞なんて、もともと別に面白いものじゃないでしょ」

「面白くないものを面白くするのが私の使命なの！」

「火のないところに煙を立てる——人それを妄想と言う」

メゾはそう言ってバッサリ切り捨てる。

「あんた、さっきもそれで失敗したじゃない。ラルシェ先生の魔法倫理で涎垂《よだれ》らしながら妄想の世界にトリップして、反省文と宿題追加されたでしょ」

魔法の歴史や魔法を使う上での心得を学ぶのが魔法倫理の授業だが、これは魔法学科だけで行われるわけではない。魔法能力のない一般教養学科生にも、魔法を理解するために必須となっている科目である（魔法学科と比べれば授業回数は少ないが）。

にこりともせず授業を進める白衣姿のラルシェに、これがアリアお姉様とふたりきりの時は全然違うのかも——といつもの楽しい想像を膨《ふく》らませてしまったばかりに、気がつけば授業は上の空、当てられても質問に答えられず、ばっちりペナルティをもらってしまったフェルトなのだった。

「う～、実は他の先生の宿題も溜め込んでるのよね。今日は午後の授業が短いし、放課後に全部学校でやっつけちゃおうかな。反省文や教科書の書き写しなんて、家でやったら退屈過ぎて絶対寝ちゃうし」

「それがいいかもね。特にラルシェ先生の宿題を忘れたら、次は二倍、それをやり切れなかったら四倍、悪徳高利貸しのように宿題の負債が嵩《かさ》んでくからね」

「んじゃ、そうするわ。メゾは先に帰ってね」

そういった経緯《いきさつ》で、フェルトは放課後に居残り勉強をすることにした。初めは教室、次は図書室、眠くなる度《たび》にノートと教科書の束を抱えて場所を変え、しまいには外の空気が吸いたくなって校舎の外へ出た。そうして中庭の片隅、フライムベリーの大木の下を通り掛かった時だった。

ガサガサッという音と共に、突然、頭上からノートや教科書が降ってきた。

「⁉」

続いて、木の上からするすると金髪の美少女が降りてきた。

――アリアお姉様⁉

「ごめんなさい！　人がいると思わなくて――あ、フェルトだったのね」

アリアはフェルトを見て親しげな笑みを浮かべた。

学士院の校内行事は学科や学年を越えてグループを作ることが多く、フェルトは決まってアリアのグループに入っていた。おかげで名前を覚えてもらっているのだ。

「大丈夫？　怪我《けが》はない？」

「はい、大丈夫です、当たってはいないので」

その代わり、びっくりした拍子《ひょうし》に抱えていた自分の持ち物もぶちまけてしまった。

足元には、アリアとフェルト、両方が落としたノートと教科書が散らばっている。

「本当にごめんなさいね。宿題をやっている途中で転移魔法が暴走して、机の上の物と一緒に木の上へ移動してしまって」

アリアは謝りながら落とした物を拾う。フェルトも急いでそれを手伝った。アリアも自分と同じように居残りで宿題をしていたのだと思うと、親近感が湧いて嬉しくなった。

「もしかしてアリアお姉様も、ラルシェ先生の宿題ですか？」

フェルトとしては、だったらいいなと軽い気持ちで訊《き》いたことだったが、

「えっ」

アリアはビクッと身体を震わせ、血の気の引いたような顔でフェルトを見た。その反応にフェルトが驚いている間に、アリアは手早くふたり分のノートと教科書を仕分けして、駆け去って行った。

「――何なのかしら、今の反応……？」

フェルトは首を傾《かし》げながら教室に戻り、残りの宿題をやっつけようと机に教科書を広げた。しかし続いてノートを広げようとして、科目別のノートの中に自分のものではないノートが交じっているのに気がついた。

「あれ、アリアお姉様のを持ってきちゃったのかな」

中を見ると、確かにアリアの丁寧《ていねい》な字で教科書が書き写されている。魔法倫理のようだ。

——わ、やっぱりラルシェ先生の宿題だったんだ！　すぐ返さないと宿題の負債が！

焦《あせ》りつつ、ちょっとした好奇心でページをパラパラめくると、途中に『ラルシェ』という単語が見えた気がした。

「⁉」

見間違い⁉

目を疑いつつも最初からページをめくり直すと、教科書の書き写しの合間にアリアとラルシェの私信が挟まれていることがわかった。

——何これ何これ、『可愛いアリアへ』とか書いてあるわよ⁉　これってもしかして、アリアお姉様とラルシェ先生の愛の交換日記⁉

やっぱりあのふたりは私が想像したとおりの関係⁉　ふたりが熱愛している証拠が今この手に⁉

「大スクープだわ〜〜〜!!」

◇———＊◆＊———◇

——いけないいけない。校内でラルシェ様の名前を出されると、つい過剰反応しちゃうわ。しかもタイミングがタイミングだったから……。

アリアは苦笑いしながら補習室へと引き返していた。

フェルトには「宿題をしている途中」と言ったが、本当は補習室でいつもの如《ごと》くラルシェに可愛がられている途中だったのだ。これまた例の如く、ラルシェの過剰な愛情表現に戸惑《とまど》って転移魔法が暴走したのである。

逃げ出したような格好になったあと、のこのこ戻るのもばつが悪い話だが、提出するはずの宿題まで一緒に転移してしまったのだから仕方がない。ちゃんと提出し直さなければ。

真面目が身上のアリアは、胸に抱えたノートに目を落とす。そして、その中の一冊が自分のものとは違うことに気がついた。

——あら、フェルトのノートを持ってきちゃった？

廊下の途中で足を止め、ノートの中を確認してみる。確かにこの丸っこい字はフェルトの字だ。

——でも、これ、何のノート？

どうも授業のノートではない。物語めいた文章の中に、よく見るとアリアやラルシェの名前がちりばめられている。

「⁉」

それは、アリアとラルシェを主役にした恋物語だった。教師と生徒という立場でありながら秘密の恋人同士であるふたりが、人目を忍んでいちゃいちゃする内容である。まるで見てきたように描写されているいくつものエピソードに、

――私たちのやりとり、フェルトに覗《のぞ》かれてたの⁉

と蒼《あお》くなったアリアだが、よくよく見れば、「私たちは秘密の恋人同士」という台詞《せりふ》は頻繁《ひんぱん》に出てくるものの、「夫婦」や「結婚」という言葉はない。彼女は自分たちの本当の関係を知っているわけではないようだ。

つまりこれ、全部フェルトの想像の世界――⁉

一学年下のフェルトとは、校内行事のグループで一緒になることが多く、アリアを「お姉様」と呼んで懐《なつ》いてくれていて可愛いのだが、良く言えば夢見がち、悪く言えば妄想癖《へき》のある子だと認識していた。そう、彼女の性質を知ってはいたが、まさか、自分とラルシェをネタにこんなものを書いていたとは思わなかった。しかもひたすらアリアに甘いラルシェの態度など、描写がかなり事実に近い。

――学校でのラルシェ様はサディスティックなほど意地悪なのに、それを見ながらこんな甘々なあの方を書けるなんて、恐るべき想像力……！

呆《あき》れと驚きでため息を吐《つ》いたあと、ふとアリアは抱えているノートの冊数に気づき、ざあっと血の気を引かせた。

一冊足りない！

フェルトの妄想恋愛小説ノートを持ってきてしまった代わりに、アリアとラルシェが交換日記として使っている魔法倫理の宿題ノートがない。

「――」

目の前が真っ暗になった。

フェルトはただの妄想少女ではなく、新聞部員の妄想少女である。あの交換日記がフェルトの手に渡ったら、ただの妄想小説をれっきとしたノンフィクションとして完成させられた上、校内新聞にスクープを提供してしまう！

――お願い、フェルト、まだノートを取り違えていることに気づかないでいて――！

アリアは慌《あわ》ててフェルトを捜したが、先ほど会った場所の近くにはもう見当たらない。七年生の教室を覗《のぞ》けば、まだ何人か残っている生徒がいたので、フェルトを見なかったかと訊《き》いてみた。

「フェルトなら、ついさっき帰りましたよ」

答えてくれた生徒に、フェルトはどんな様子だったかと重ねて訊《たず》ねると、

「なんだか、ひどく興奮した感じで、『大スクープだわ〜‼』と叫んで帰って行きました。でもあの子、基本的にいつもあんな感じですから」

慣れた風に語るクラスメイトだが、アリアは心臓をぎゅっと摑まれた気分だった。

フェルトはもうあのノートを見たのだろうか――！

目眩《めまい》を起こしそうになって、必死に踏み止《とど》まる。

今は倒れている場合ではない。フェルトが何をどこまで知ってしまったのかを確認するためにも、ノートを取り戻すためにも、彼女と会わなければ。もう学校を出てしまったなら、外出届を出して追いかけなければ。

今月の外出許可回数はあと一回しか残っていないが、仕方ない。ミスをしたのは自分なのだから、自分で責任を取らなければ――。

アリアがふらふらした足取りで職員室へ外出届を出しに行くと、そこにはラルシェの姿があった。

「！」

秘密を漏《も》らしてしまったかもしれない罪悪感から、反射的にビクッと身体が震える。それをきっかけにして、また転移魔法が発動した。

次の瞬間、アリアは魔法学科校舎の裏手に立っていた。職員室へ戻ろうか悩んでいる間に、ラルシェが追いかけて来た。

「私の顔を見るなり逃げるなんてひどいな」

「逃げたつもりじゃ……！」

アリアは頭《かぶり》を振る。仮に逃げたくても、ラルシェから逃げ果《おお》せることなど出来はしない。肌に刻まれた《婚姻の印》が、彼に自分の居場所を教えるのだから。腕の中から消えたまま、敢《あ》えてそっとしておいてくれることもあるが、彼が追いかけようと思えば、こうやってすぐ捕まってしまう。

俯《うつむ》くアリアに、ラルシェは優しく訊ねた。

「どうしたんだい？　何かあった？」

アリアは周囲に人気《ひとけ》がないのを確認してから、フェルトの手に交換日記ノートが渡ってしまった事情を説明した。

胃が竦《すく》み上がって生きた心地がしないアリアとは対照的に、ラルシェは事も無げな顔で「大丈夫だよ」と言った。

「あのノートには、私が守護魔法をかけてあると言っただろう？」

「それは確かに、あのノートだけは精霊の悪戯《いたずら》から守られてますけど――」

初め、宿題ノートを使って交換日記のようなやりとりをしよう、とラルシェが言い出した時、アリアはためらったのだ。何せアリアは、精霊の悪戯でしょっちゅう身の回りの物にちょっかいを出される。もしその交換日記を精霊に奪われ、人の目に触れる場所へ放り出されでもしたら、大変なことになる――と。だがラルシェは、ノートに守護魔法をかければ精霊も手出し出来ないからと言い、結局交換日記がスタートしたのである。

なお、アリアの持ち物すべてに守護魔法をかければ精霊たちの悪戯から逃れられるが、その代わり精霊が誰もアリアに近寄れなくなり、守護契約を頼むことも出来なくなってしまう。そのため、秘密の交換日記以外はノーガードで悪戯精霊と戦うアリアなのだった。

「……でも、いくらあのノートが精霊の悪戯からは守られていても、私がうっかり落として人に拾われた場合は、何の効力もないのでは？　だって保護魔法は、魔法に対する防御の力であって、普通の人間がノートを拾って中を見ることは出来ますよね？」

アリアは不安を募《つの》らせながら続ける。

「フェルトは、『大スクープを摑んだ』と言って帰って行ったらしいのです。さっきの今で、私たちのこと以外にスクープなんて考えられないんじゃ――」

しかしラルシェは至って平静に答える。

「事件なんて、いつでもどこでもほんの一瞬で起きるものだよ。大丈夫、あのノートには保護魔法だけじゃなくて精霊の守護も付けてあるから。私たち以外の人間が見ても、普通の宿題ノートにしか見えないよ」

「本当に……？　そんな目眩《めくら》ましが……？」

「本当本当。私の力が信じられない？」

笑顔で言うラルシェにアリアは慌てて首を横に振る。精霊をひとりも捕まえられないアリアが、稀代《きたい》の精霊使いであるラルシェの力を疑うことなど出来るはずもない。

ラルシェを信じて安心したいけれど、フェルトの行動も気になる――すっきりしない気持ちで俯くと、ラルシェはアリアが抱えているノートに目を向けた。

「それより、フェルトが書いたという小説を見せて欲しいな。すごいんだろう？」

「え――いえ、すごい……んですけど、あんまり読み返したくないというか、ラルシェ様には見せたくないというか……」

アリアは苦笑して、ノートを抱きしめる腕に力を籠《こ》める。

「そう言われると、ますます見たくなるよ。ね、見せて？」

銀縁《ぎんぶち》眼鏡越しのラルシェの碧《あお》い瞳は、アリアが知っている普段のラルシェより意地悪に見える。蛇に睨《にら》まれた蛙《かえる》のような気分になったアリアは、腕に抱えているノートをラルシェの手が引き抜いても、取り返すことが出来なかった。

「おお、これは――。へえ……ふむふむ」

ラルシェは興味深そうにノートを読みながら、アリアの顔を見る。

「これはなかなか参考になるね。今度、こんなシチュエーションでこんな台詞を言ってアリアを可愛がってみようかな」

「生徒の妄想小説を現実の参考にしないでください……！」

結局その日は、ラルシェに「大丈夫大丈夫」と笑顔で外出を引き留められて終わってしまった。

不安を残したまま翌日を迎えると、フェルトは学校を欠席していた。クラスの担任には急病との届けが出ているという。

――昨日は元気そうだったのに、本当に病気なの？　家でみっちり小説を書いているか新聞記事を書いているんじゃ……？

タイミングがタイミングなので、不安が膨《ふく》らむ。アリアは一日悩んだ末、やはり外出届を出してフェルトを訪ねてみることにした。

◇――＊◆＊――◇

フェルトの件でアリアを宥《なだ》めた翌日、ラルシェのもとに奇妙な事件の相談が舞い込んだ。

正確には、魔法研究院に持ち込まれた相談なのだが、ラルシェが調査を担当することになったのだ。

相談の主《ぬし》は、ユーベルント家の当主。外《ほか》ならぬフェルトの父親だった。曰《いわ》く、娘が昨日、学校からの帰り道で倒れているのが発見された。家に運び込んでからもずっと眠ったままで目を覚まさず、なぜか周りに花が咲き乱れる。何もない空間にどこからともなく花が出現して娘を取り巻き、いくら片づけてもきりがない。

状況が異常なので、何か魔法が絡《から》んでいるのではないかと魔法研究院に相談した――とのことだった。フェルトに関してはラルシェも思うところがあり、自分が調査に行くと手を挙げた次第である。

――ノートの守護に付けたあれが首尾を報告に来ないのも気になるからな……。一度、様子を見に行った方がいいだろう。

ラルシェが魔法学科の職員室に顔を出してからユーベルント家へ向かおうとした時、アリアがやって来た。手には外出届を持っている。

担任としてそれを受け取ると、外出理由の欄には「必要図書購入のため」と書かれていた。だが本当は、学校を休んだフェルトを訪ねるつもりなのだろうと察しは付いた。ならば行先は同じだが、他の教師たちの目がある手前、連れ立って出かけるわけにもいかない。

素直に外出届を受理し、アリアを先に送り出してから、馬車で追いついて拾うことにした。

斯《か》くして、学士院の外でラルシェの馬車に拾われたアリアは驚いていたが、フェルトの身に起きた不思議な出来事を説明し、それを調べに行くのだと話すと、

「それは心配ですね。私も調査のお手伝いをします！」

と気張った表情で答えた。アリアに手伝ってもらうことがあるかどうかはわからないが、張り切った顔のアリアが可愛いので、もうなんでもいい。

――まあ、あの仕掛けをアリアに知られてしまうかもしれないが……こうして学校の外でアリアと一緒にいられる愉《たの》しみには代えられないからな――。

## 観察者と当事者の交錯　～花に埋《うず》もれて～

そうしてアリアは、ラルシェの助手として共にユーベルント家を訪ねた。

新興実業家であるユーベルント家は、王立学士院から馬車でそう遠くない場所に立派な屋敷を構えていた。フェルトはいつも思索《しさく》（妄想？）を楽しみながら歩いて学校に通っているらしいが、確かに徒歩での通学も出来なくはない距離だった。

当主自ら案内してくれたフェルトの部屋は、見たこともない大ぶりなピンクの花で埋め尽くされ、その中でフェルトは幸せそうな表情で眠っていた。

「この花は一体……？」

花の海を泳ぐようにベッドまで辿《たど》り着いたアリアとラルシェは互いに顔を見合わせた。

根のない、切り花のような状態で、ピンクの花はフェルトの周りを取り巻き、増殖し続けている。

「親が言うのも何ですが――」

と、当主は途方に暮れた表情で口を開く。

「うちの娘は、子供の頃から頭の中に花が咲いているような調子で、それを何とかしようと、柄《がら》でもない王立学士院に入れたのですが――やはりフェルトには学士院など水が合わなかったのか……無理が祟《たた》って、とうとう頭の中の花畑が外へ漏《も》れ出してしまったのかもしれないとも――」

親にそこまで言われる脳内お花畑ぶりとはどんなものなのか――。

アリアは苦笑しながら、改めてフェルトの様子を見た。原因不明の眠り病という言葉から想像される悲愴《ひそう》さがまったくない、何かとても楽しい夢でも見ているような、にやけた表情で眠っている。

やはりフェルトは、あの交換日記を読んだのではないだろうか。そうでなければ、このにやけた寝顔に理由が付かない気がする。これは、妄想が的中してスクープをゲットしたことを喜んでいる顔なのでは？

倒れた時にフェルトが持っていた通学鞄は部屋の中にあるらしい。その鞄の中には、アリアのノートも入っているはずだった。フェルトの妄想小説ノートは持ってきているので、出来ればそれとすり替えたいところだが、室内は足の踏み場もないほど花に埋もれて、どこに何があるのか判然としない。

落ち着かない気分で室内を見回すアリアの横で、ラルシェが当主に言った。

「確かに、魔法の気配は感じます。フェルトが眠っているのも魔法のせいだと思われますが、どこからこの花が現れているのかは、少し時間をいただいて調べる必要があります」

そう語ってラルシェは当主に人払いを頼んだ。助手としてアリアだけが残る。

「ラルシェ様——この現象の原因を、どうやって調べるのですか？」

「方法はあるよ。でも——」

アリアの問いに、ラルシェは途中で言葉を切った。

「もし、フェルトがあの交換日記を読んだのだとして、彼女がずっとこのままなら、秘密は守られる——アリアはそう思ったりしてない？」

とんでもないことを言い出すラルシェに、アリアはぶんぶん頭《かぶり》を振った。

「そんなこと、思いません！　いくら大変な秘密を知られてしまったかもしれなくても、人の不幸に乗じて証拠を湮滅《いんめつ》しようなんて、そんなこと……！」

顔を真っ赤にして否定するアリアに、ラルシェはにっこり笑う。

「——冗談だよ。アリアがそんなことを考える子だなんて思っていないさ」

ラルシェはアリアの頭を撫《な》でて言い、視線を部屋の隅に向けた。

「あそこに——私がノートの守護を命じた精霊が囚《とら》われている」

「えっ」

あそこ、とはどこ？

「あれに話を聞けば、フェルトの身に何が起きたのかがわかるはずだ」

ピンクの花がもさもさと積み重なっているようにしか見えない場所を、アリアは目を凝《こ》らして見つめた。すると、ピンクの花の奥に、うっすらと青い影のようなものが見えた。

「あれは——何の精霊ですか？」

ラルシェは答えずに窓を開け、彼を守護する風の精霊を呼び込んだ。しかしいくら風で花を吹き飛ばしても、それを上回る勢いで新たに花が生まれ出る。このピンクの花に囲まれている限り、青い影は身動きが出来ないようだった。

「きりがないな。炎の精霊を呼んで燃やしてしまえば簡単だけど、そうしたら屋敷ごとフェルトも丸焦《まるこ》げになってしまうし」

「そんなの駄目です！」

アリアは慌《あわ》ててラルシェを止めた。

「あの青い影みたいな精霊は何なんですか？　ラルシェ様の守護精霊なら、名前を呼べば答えるんじゃないですか？」

ラルシェは少し苦い表情をして、気が進まない様子で答える。

「……あれは、蒼《あお》マレーンの花の精霊だよ」
「蒼マレーンの花……」
といえば、別名を《忘れ薬の花》というのではなかったか。異国に咲く稀少《きしょう》な花なので
アリアは見たことはないが、忘れ薬の材料になることで有名だ。
「ラルシェ様、まさか――」
アリアはハッとしてラルシェを見つめる。彼はノートに精霊の守護を付けて目眩《めくら》ましの
術をかけさせていると言ったが、実は違うのではないか？
「まさか、ただの目眩ましではなくて――ノートを覗《のぞ》いた人間の記憶を消すように、蒼マ
レーンの花の精霊に命じていたのですか……⁉」
ラルシェは苦笑顔で頷《うなず》いた。
「……精霊もさすがに人目のある学校ではフェルトに手を出せず、下校途中の人気《ひとけ》がない
場所を狙ったんだろう。でもそこで何かアクシデントが起きて、こんなことになってしま
ったんだろうな――」
「ラルシェ様！」
アリアは責めるようにラルシェの両腕を揺さぶる。
「人の記憶を消すなんて――！　そんな防御策を張ってまで、交換日記なんかしなくても

よかったでしょう……!?」

　揺さぶられるままラルシェが言った。

「本当に？　アリアは楽しくなかった？　ドキドキしなかった？　私はとても楽しかったよ。アリアからの言葉の一字一字が嬉しかった。書き損じの文字まで可愛かった。ページのすべてが宝物みたいだった。私だけが楽しいだけだったのかな」

「……っ」

　アリアはぐっと言葉に詰まった。

　そういう言い方はずるい。

　いつも腕の中から逃げるような形になってしまうのが申し訳なくて、ラルシェを嫌っているわけではないのだとわかって欲しくて、日記のやりとりの中では出来るだけ好意を素直に表すようにしていた。

　面と向かっては言えないことも、ラルシェの面影《おもかげ》を想いながら文字を綴《つづ》るのは少し気が楽で、甘えるようなことも書けた。渡したあとに恥ずかしくなったりもするのだが、ラルシェの返事が優しいので、嬉しかった。

　──私だって、嬉しかった。ラルシェ様の言葉が。ラルシェ様の筆跡のひとつひとつが。秘密のやりとりにドキドキして、楽しかった──。

俯《うつむ》くアリアの顔を、背を屈《かが》めたラルシェが覗き込む。

「アリアは楽しくなかった？」

もう一度問われ、ゆるゆると頭《かぶり》を振る。

「……私も、楽しかった、です……」

その返事に、ラルシェが優しく微笑む。

「だから、悪いのはラルシェ様だけじゃない……。フェルトがこんなことになってしまったのは、私も共犯です……」

「それは違う。悪いのは私だよ。アリアは何も悪くない」

そう言ってふわりと抱きしめられると、涙が出そうなほどの安心感に包まれた。

自分をすべてから守り、すべてを許してくれる優しい腕。

「ラルシェ様……」

アリアがうっとりとラルシェを呼んだ時、傍《かたわ》らで、じゅる……と何かを啜《すす》るような音がした。にやけ顔で眠っているフェルトが涎《よだれ》を啜った音だった。

——いけない、すぐそこにフェルトがいるのに！

我に返った途端、フェルトの傍《そば》でラルシェと抱き合っている状況に気づき、カッと頭に血が昇った。次の瞬間、アリアはラルシェの腕の中から消えていた。

これは夢――？

でもいつから、どこからが夢なの――？

フェルトは夢の中で、不思議な戦いを見ていた。

この攻防が始まったのは、おそらく学校から帰る途中。突然目の前が蒼ざめたかと思うと、蒼い花びらがフェルトを取り巻いた。その蒼い花はひんやり冷たく、とても佳《よ》い香りがして、嗅《か》いでいると頭がぼうっとしてくる。すべてを忘れてしまいそうになる。

――駄目、忘れちゃ駄目！　私はものすごく美味《おい》しいネタを摑んだんだから！

ぼんやりする頭を叩き起こすために、楽しいことを考える。やはり今一番楽しいのは、アリアとラルシェの熱愛想像だ。そうやって蒼い花の誘惑に抵抗するうち、どこからともなくピンクの花が咲いて、蒼い花を追い払ってくれた。

けれど蒼い花はしつこく追って来て、フェルトを取り巻き、その花びらで全身を埋め尽くそうとする。負けじと咲くのがピンクの花で、大きな蕾《つぼみ》をポンポン開かせながら、その勢いで蒼い花を吹き飛ばす。蒼い花とピンクの花の攻防をひたすら見せられ続け、

——ああ、私は夢を見ているんだわ。

と気づいた。家に帰り着いた記憶がないけれど、どこかで居眠りしてしまっているのだろうか。

寝ている場合じゃないのに。こんな訳のわからない夢を見ている場合じゃないのに。

——そう、私はアリアお姉様とラルシェ先生のラブな世界に浸《ひた》りたいのよ。あの交換日記をもっとじっくり読みたいのよ。学校では落ち着いて読めないから、家でゆっくり舐《な》めるように読み尽くそうと思って急いで学校を出たのに、どうしてこんなことになってるの
——⁉

目を覚ましたいのに、夢が醒めない。蒼い花とピンクの花が夢の中を埋め尽くす。

誰か、私を起こして——！

◇——＊◆＊——◇

一瞬の目眩《めまい》から醒めると、アリアは色とりどりの花が咲き乱れる花園にいた。

「ここは……？」

空は青く、清水の湧き出る泉の周りには草木が生い茂り、綺麗な翅《はね》を持つ蝶がひらひら

と飛んでいる。どこか現実味のない楽園のような空間をぐるり見回せば、一際《ひときわ》こんもりと花が咲き群がる場所に、フェルトが眠っていた。

「フェルト！」

駆け寄ってフェルトの肩を揺さぶると、その身体から湧き出るように大きなピンク色の花の蕾が現れた。それがポンと弾《はじ》ける度に、アリアとラルシェがいちゃついている場面の幻が浮かんだ。

「……!?」

校内の人気《ひとけ》のない場所で逢っているアリアとラルシェ、ラルシェの膝《ひざ》に載《の》せられて可愛がられているアリア、失敗して落ち込んでいるところをラルシェに優しく抱きしめられ、慰《なぐさ》められているアリア——客観的に見せられると恥ずかしい場面ばかりで、アリアは両手を振ってその幻を掻《か》き消そうとした。

「きゃああ、やめてやめて！　何これっ!?」

だがアリアがどんなに嫌がっても、フェルトから湧き出るピンクの花は次々と幻を生み出し続け、眠るフェルトの表情はにやける一方だった。

——もしかして、ここはフェルトの夢の中？　というか、心の中？　ここは、フェルトがいつも私たちをネタに想像を膨《ふく》らませている秘密の花園なの？

よく見れば、湧き出るように現れるのはピンクの花だけではない。蒼く透き通る花びらを持つ花が、どこからともなく舞ってきてフェルトを取り巻こうとする。それをピンクの花が守っていた。勢いよく蕾を開かせ、アリアにとっては恥ずかしい幻を振り撒《ま》いて蒼い花を吹き飛ばしている。

この蒼い花は、蒼マレーンの花なのだろうか。フェルトの記憶を消そうとする蒼マレーンの花を、フェルトの妄想を具現化したようなピンクの花が追い散らしている——そんな風に見える。

「……でも、どうしたらいいの……?」

幻を消すのを諦《あきら》め、アリアは途方に暮れた。

人の心の中に空間転移してしまったのは初めてだった。自分にそんなことが出来るとも知らなかった（狙って出来ることでないのだけは確かだが！）。

見たところ、蒼い花とピンクの花の力は拮抗《きっこう》している。いくら吹き飛ばされても蒼い花は尽きることなく現れ、フェルトを搦《から》め捕《と》ろうとしていた。

この攻防に力を注ぎ込んでいるせいで、蒼マレーンの花の精霊はあんなに薄い影になってしまったのかもしれない。ピンクの花との戦いに没頭し、最早《もはや》ラルシェの制止も届かず、それを指して彼は「蒼マレーンの花の精霊は囚われている」と言ったのか。

しかし、精霊は本来、自由な性分《しょうぶん》の生きものだ。人間に使役《しえき》され、何か命令されたとしても、面倒な仕事は断ることもあるという。ここまで必死に命令をこなそうとする精霊も珍しいのではないか。

――蒼マレーンの精霊って、そんなに律義《りちぎ》な性格なの？

もっとちゃらんぽらんで、邪魔が入ったから失敗しました――ってラルシェ様に報告して済ませちゃうような性格だったらよかったのに……！　と、蒼マレーンの精霊の性格を恨《うら》んでみても始まらない。

フェルトを起こせば、この空間から解放されるだろうか。フェルトと蒼マレーンの花の精霊を連れて現実世界に戻りさえすれば、あとはラルシェがなんとかしてくれるだろうか？

だが眠っているフェルトの身体をどんなに揺すっても、ふにゃふにゃ頬を緩《ゆる》めるだけで、一向に目を覚まさない。

「フェルト、起きて！　お願い、起きて～！　人をネタに変な妄想しないで～～！」

正確に言えば、フェルトが生み出す幻は妄想ではなくほぼ事実だが、これは知られてはならない秘密なのだ。彼女の妄想ということにしておかねばならないのだ。

そうしている間にも、蒼い花とピンクの花の攻防は続き、とうとう舞い散る花びらで前もよく見えないほどになった。

ピンクの花はふわふわしていて触り心地がいいが、蒼い花はひんやりと冷たく、肌に触れるとぞっとする。こんなものに全身を包み込まれたら、頭の芯まで凍りついてしまいそうだ。

――ラルシェ様、救《たす》けて――！

◇――＊◆＊――◇

アリアが消えた腕の中を憮然《ぶぜん》と見つめたあと、ラルシェは大きくため息を吐《つ》いた。

まさかこんな騒ぎになるとは思わなかったのだ。

別に秘密の結婚がばれたらばれたでいいと思っているくせに、アリアが必死に隠したがっているのに付き合って、蒼マレーンの花の精霊を交換日記の守護に付けた。ちょっとした遊び心が、フェルトを巻き込み、アリアを怒らせてしまった。

まあ、怒り顔のアリアも可愛いし、そんな彼女のご機嫌を取るのも楽しいからいいけれどね――と反省が長続きしないまま、ラルシェはふと首を傾《かし》げ、室内を見渡した。

「……？」

アリアの肌にはラルシェによって《婚姻の印》が刻まれている。その気配を読めば、大体彼女のいる位置がわかるのだが――。

不思議なことに、今、アリアの気配をこの部屋の中から感じる。

姿が見えないのに、気配を感じるとは、どういうことだ――？

神経を集中してアリアの気配を探ってみると、思いがけない場所にその発信源があった。

「フェルト――？」

眠っているフェルトからアリアを感じる。

――まさか、フェルトの中に空間転移したのか？

そんな場所への転移も出来るのか！

ラルシェは思わず噴き出し、身体を折り曲げて笑った。

「あははは……！」

制御力はからっきしだが、魔法の発動力はピカ一なのがアリアなのだ。

実際、空間を転移する魔法といっても、普通は隣の部屋に移動するのがせいぜいだ。アリアのように、建物の外へポンポン飛んで、時には都の外まで移動してしまうような者は滅多《めった》にいない。それだけでもすごいのに、他人の精神世界へ飛び込むとは、本当に彼女の能力は底が知れない！

「ああ、やっぱり私のアリアは最高だ」

最愛の妻に賛辞を贈りながら、耳を澄ますとアリアの声が聞こえた。

フェルトの中に飛び込んだはいいものの、対処に困っておろおろしているのが声音からわかる。やがてアリアの声はラルシェに救《たす》けを求め始めたので、教師らしくアドバイスをしてやることにした。

◇――＊◆＊――◇

『歌いなさい――！』

突如、どこからかラルシェの声が響いて、アリアはきょろきょろ周りを見た。彼もここへ来てくれたのかと思ったが、どうやらそうではないようだった。

『空間転移の出来ない私はそちらに行けない。だが精霊なら入り込めるだろう。なんでもいいから、歌って精霊を呼びなさい。どうせ君は、狙って呼べるわけではないんだから、適当に寄って来た精霊に頼んで、助けてもらいなさい！』

「どうせ……適当に、って……」

なんだかひどい言われような気もするが、自分の落ちこぼれぶりは自分でよくわかっているので反論出来ない。
「じゃ、じゃあ――」

デンデン　ボラリ
玩具《おもちゃ》が散らかった

バガバガ　ゴシャン
絵本の山が崩れたよ

お片づけするのはどの子かな？
ベコベコ　バラン
足の踏み場がありません
ボゴボゴ　ベシャリ
遊んだあとには　お片づけ

子供の頃、精霊の悪戯《いたずら》で部屋を散らかされてはばあやに叱《しか》られ、こんな歌を作って歌っては片づけをしていたのだ。歌ったせいでまた精霊が寄って来て、片づける傍《そば》から散らかされるという魔の悪循環に陥《おちい》ったりもしていた。

足の踏み場もないほど花に埋もれた空間の中でそれを思い出し、歌ってみると——

不意に、びゅうっ、と強い風がアリアの髪を巻き上げた。周りに舞っていた花びらも吹き飛んで、視界が少し開けて見える。

風の精霊が来てくれた——⁉

世界中に存在数の多い精霊のひとつ、風の精霊は、アリアをからかう者も多いが、どこにでもいるので遊び相手になってくれることの多い精霊でもあった。

「お願い、あの蒼い花を吹き飛ばして！」

アリアが大声で頼むと、

「まかしときなー！」

体格のいい青年の姿を取って調子良く答えた精霊は、強い風でアリアとフェルトの周りの花を吹き飛ばした。

フェルトの中から生まれるピンクの花は、蒼い花に対する抗体として湧き出ているのだから、敵がいなくなれば発生も止まるはずだ。そうすれば、この空間も落ち着いて、フェルトは目を覚ますかもしれない。

アリアはそう期待したが、蒼い花だけを選んで除くのは難しいようで、風に巻かれてピンクの花も一緒に飛んでいった。そして、どうやらそれがまずかった。

ピンクの花はそれ自体がフェルトを守る意思を持っているらしく、今度は精霊が起こす風を敵と見做《みな》し、フェルトを守って周りにわさわさと咲き群がる。すると、風の精霊も風の精霊で、ムキになってその花を吹き飛ばそうとする。

「ピンクの花は吹き飛ばさなくてもいいのよ！」

しかし精霊はアリアの声を聞いてくれない。風は風でも、利《き》かん気な暴風の精霊だったようだ。

吹き荒れる風はやがて竜巻になり、花ごとそれに巻き込まれそうになるフェルトを庇《かば》ってアリアは身を投げ出した。

「フェルト！」

結局、ふたり揃《そろ》って竜巻に呑み込まれ、アリアは目を回しながら心の中でラルシェを呼んだ。

──ラルシェ様！　やっぱり駄目です、私は精霊に言うことを聞かせられません～！　このままじゃ身体が捻《ねじ》れちゃいます～！　フェルトまで巻き込みたくありません、救《たす》けてください──！

甘やかされたくないと思っているのも本当なのに、いざとなると彼に頼ることしか出来ない。自分の情けなさを心底嘆《なげ》きつつ、フェルトだけでもこの渦巻きの外へ逃がせないかと必死に彼女の身体を押し出そうとしていた時。

ザッ——と鋭い音と共に、黒い刃《やいば》で竜巻が切り裂かれた。

「!?」

同時に空間自体もパチンと弾《はじ》け、アリアは元の部屋に戻っていた。

「あ——」

フェルトの部屋の中、大きな黒い鷲《わし》を従えたラルシェが立っていた。

黒鷲の精霊は、ラルシェを守護している強力な精霊だ。竜巻を切り裂いてくれたあの黒い刃は、黒鷲の鉤爪《かぎづめ》だったのか。

「あ、ありがとうございます……」

ラルシェと黒鷲の精霊、両方に頭を下げて礼を言った時、フェルトが目を覚ました。

# 観察者の覚醒と当事者の反省

「アリアお姉様と……ラルシェ先生？　どうしてふたりがここに？　さっき、大きな黒い鳥がいたような……？　え……？　どうして部屋の中が花だらけなの？」

ベッドの上できょとんとしているフェルトに対し、アリアはうまく事情を説明出来なかった。言葉を探している間に、ラルシェが教師の顔で口を開いた。

「どうやら君は、開花魔法能力を目覚めさせたようです」

「えっ」

驚いたのはフェルトだけではなく、アリアも同じだった。

──開花魔法？　この見たことのないピンクの花は、フェルトが開花魔法で咲かせたものだったの？

開花魔法とは、植物の生長を促すことの出来る魔法である。能力の高い者は、新種の植物を生み出してしまうこともあるという。また、稀《まれ》にだが、魔法能力を持っていながらもそれが発現しないまま育ち、突然何かのきっかけで能力が覚醒する者もいるらしいとはアリアも聞いたことがあった。

「悪戯《いたずら》好きの精霊が、たまたま通り掛かりの君にちょっかいを出し、君がそれに抵抗をしたのが引き金になって、能力が目覚めてしまった――というところでしょうか。そして、いきなり目覚めた魔法能力に身体が追いつかず、深く眠ってしまっていたのでしょう」

ラルシェはしれっとした顔でそう説明するが、通り掛かりも何も、本当はラルシェがノートに仕掛けた精霊が引き金である。だがそれについては伏せるつもりのようだ。アリアとしても、余計なことを言えば藪蛇《やぶへび》になりそうで、迂闊《うかつ》な口を挟めずに沈黙を守った。

一方、衝撃の事実を聞かされたフェルトはといえば、

「私に魔法能力が⁉　そんなの全然気がつかなかった！　さっきの黒い鳥はラルシェ先生の守護精霊ですか？　カッコイイ～！　魔法能力が目覚めたから、精霊が見えるようになったんですね！　へえ～、このピンクの花、私が咲かせたんですか～。夢かと思ったら、現実だったんですね～。え、新種？　私ってばすごい！」

あまり深刻になることもなく、明るく驚き、能天気に感心している。

アリアはフェルトの大雑把《おおざっぱ》な性格に感謝しつつ、しかし、このままでは済まないだろうという予感に内心でビクビクしていた。

果たして、フェルトは自分が咲かせた花を一頻《ひとしき》り自画自賛したあと、むふりと口元を緩《ゆる》ませてこちらを見た。

「ところで——どうしてラルシェ先生とアリアお姉様がふたり揃《そろ》ってここにいるんですか？　もしかしてデートですか？」

——ほら来た！

アリアがビクッと肩を震わせる傍《かたわ》らで、ラルシェはすらすらと答える。

「君の父上が、魔法研究院に相談してきたのです。娘が奇妙な状態のまま目覚めなくて困っていると。私が調査へ出向くことになり、彼女には宿題のレポート代わりに助手を頼んだのですよ」

「そ、そ、そうなの！　助手としてお手伝いに来たのよ」

あからさまにうろたえながら答えるアリアを、フェルトは余裕に満ちた表情で見る。

「別に、私には隠さなくてもいいですよ。おふたりが特別な関係だって、私は知ってますから」

「と、と、特別って——」

「私と彼女は、ただの教師と生徒という関係ですよ」

怪《あや》しいまでに落ち着きがないアリアと、飽くまで冷静なラルシェに、フェルトはベッドを飛び降りると花の洪水の中から通学鞄を掘り起こし、そこから一冊のノートを摑み出した。アリアとラルシェの交換日記である。

「ここに証拠があります！」

バーン、とフェルトがノートをこちらへ突きつけ、アリアは万事休すと天を仰いだ。やはり彼女は中を読んだのだ。人の記憶を消す蒼《あお》マレーンの花の精霊に打ち勝ち、己の記憶を守ったのだ。

——さすがのラルシェ様も、もう言い逃れは出来ないわよね……。

と、恐る恐るラルシェの方を見遣《みや》ると、そこには顔色ひとつ変えていない端整な横顔があった。そしてその向かいで、余裕を失って慌《あわ》てているのはフェルトの方だった。

「あ、あれ……⁉」

フェルトは一生懸命ノートをめくり、盛んに首を傾《かし》げている。

「そのノートがなんですか？　ただの宿題のノートでしょう」

「え……っ」

ラルシェの言葉にアリアも驚き、フェルトと一緒にノートを覗《のぞ》き込んだが、それは確かにただ魔法倫理の教科書が書き写されているだけのノートだった。

——ラルシェ様、私がフェルトの心の中へ転移しているうちに、古い宿題ノートとすり

替えたの――⁉

精霊を使ってアリアの部屋から持って来させたのだろう。彼の余裕な態度の理由がやっとわかった。アリアとしても、証拠がないなら、ここは白《しら》を切り続けるに限るだろう――と開き直った。

「そうよ、フェルト。何を変なこと言ってるの、私と先生は、ただの教師と生徒よ」

「あれ～……おかしいなー……。確かにラブラブな交換日記を読んだと思ったのに……？　それに萌《も》えて萌えて、《ときめきの花》を咲かせちゃったんだと思ったのに――」

どうやらフェルトは、自分が生み出したピンクの花を《ときめきの花》と名付けたらしい。呼ぶのが恥ずかしい名前である。だが、萌えが極まって花を咲かせてしまう、というのは、ある意味これ以上はない萌えの体現かもしれなかった。

「あれは想像力が高じた余りの幻だったの……？　それにしてはリアルな筆跡と嬉し恥ずかしな内容だったような……」

フェルトは釈然としない顔でブツブツ言っていたかと思うと、突然こちらに身を乗り出してきた。

「でも別に、今からでも本当にそういう関係になってくださってもいいんですよ！　アリアお姉様とラルシェ先生はお似合いだと思いますし！　もしそうなっても、私は黙ってますから！」

いや、そんなにやけた顔で「黙ってます」と言われても全然信用出来ないし——とアリアは苦笑いする。

「……あなたは校内新聞用のスクープを探していたんじゃないの？　昨日、あなたのノートを間違えて持ってきてしまって、中を見たのだけれど——ごめんなさいね、でもこういうのは困るわ。勝手な想像で新聞記事を書かないようにお願いね？」

アリアがフェルトの妄想小説ノートを返しながら念を押すと、フェルトは弾《はじ》かれたように首を横に振った。

「違います！　確かにスクープは欲しいですけど、それとこれとは話が別です！　おふたりの関係は、秘密だから美味《おい》しいんです。もしもばれたら、男女交際禁止の校則違反で、別れさせられちゃうじゃないですか。ラルシェ先生が学士院を辞めることになるか、アリアお姉様が学士院を退学になって、どこか地方の魔法学校に入れられてしまうか——。そんなことになったら、私がおふたりを眺めて楽しめないじゃないですか！」

「……」

じゃないですか、と言われても困る。アリアは苦笑を深くした。

「おふたりが恋人同士だったらいいなとは思うけど、その想像を友達に話しても笑われるだけで、どうせ誰も信じてくれないし、事実を知るのは私だけでいいんです。秘密の関係のおふたりを思うだけで、ごはんが美味しいんです！　そりゃ、新聞部をクビにならないために記事ダネは欲しいですけど、あの交換日記（の幻？）を読んだ時は、大スクープだと思いましたけど、それを新聞に載《の》せる気はないです。もう締め切りも近いし、仕方ないから何かの委員会活動の密着取材記事でも書いて間に合わせておこう、って考えながら帰る途中で、こんなことになっちゃって――」

「……そうだったの……」

初めからスクープする気はなかったのか。アリアは神妙な顔でフェルトを見つめた。なかなか理解し難い思考回路の持ち主だが、とりあえず一本筋の通った妄想家ではあるらしい。だがやはり、それとこれとは話が別、というのはこちらも同様だ。ラルシェとの関係を知られるわけにはいかない。このまま白を切り通すしかない。

「とにかく、私とラルシェ先生はあなたが想像するような関係じゃないから、お友達にも妙なことは言いふらさないようにね」

アリアが再び念を押したあと、しばらく黙っていたラルシェが「そろそろユーベルント氏を呼びましょうか」と言った。それを潮に、フェルトの妄想話はひとまず打ち切られ、彼女の両親に一通りの経緯《けいい》を説明すると、

「娘の頭の中が花畑なのは、開花魔法能力を秘めていたせいだったのですね……！」

ユーベルント夫妻は顔を見合わせ、妙に納得していた。そうして丁重にユーベルント家を送り出されたアリアとラルシェも、そっと顔を見合わせてため息を吐《つ》いたのだった。

◇——＊◆＊——◇

帰り道の馬車の中、アリアは改めて頭を下げ、ラルシェに謝った。

「先ほどは——風の精霊の暴走から救《たす》けていただいてありがとうございました。すみません、いつもラルシェ様に頼るばかりで。こんなことばかりですね、私……」

転移魔法が思わぬ方向へ暴走したり、呼び寄せた精霊が悪戯《いたずら》をして騒ぎを起こした時。いつも、自分が原因なのに自分では何も出来ず、ラルシェに救けてもらっている。それをなんとかしたいのに、早く一人前の魔法能力者になりたいのに、一向に成長のない自分が恥ずかしくて情けない。

落ち込むアリアに、隣に座るラルシェが優しく言った。

「謝ることはないよ。アリアがフェルトの心の中へ空間転移して、そこで騒ぎを起こしてくれたから、フェルトを目覚めさせることが出来たんだ。君が何も出来なかったなんてことはない」

「でも……」

「君は自分ひとりで事を綺麗に収められはしなかったけれど、大きな仕事をした。そのことを忘れてはいけない。アリアがいたから、それを目印に、黒鷲《くろわし》の精霊を救けに行かせることが出来たんだからね。人の心の中に転移するなんて、生半《なまなか》な転移魔法能力では無理なんだから、アリアはすごいよ」

「……」

すごいと言われても、それを制御出来ないのでは意味がないと思う。また同じことをやれと言われても出来ない自信だけはある。

だが、あまり落ち込み続けていても、それはそれでラルシェに気を遣《つか》わせて無理な誉《ほ》め言葉を繰り出させるだけだ。アリアは「そういえば」と話題を変えた。

「結局、蒼マレーンの花の精霊はどうなったんですか？」

「大分弱っていたので、棲み処《すか》へ帰したよ。経緯《いきさつ》を聞いたけど、人目のないところでフェルトに襲いかかったはいいものの、返り討ちに遭《あ》ったという格好だね。フェルトが咲かせる《ときめきの花》は相当な威力らしい。萌えの力というのはすごいものだね」

フェルトのキャラクターに感銘を受けたらしいラルシェは、くすくすと笑う。だがアリアは眉間《みけん》に皺《しわ》を寄せてむっつりと答えた。

「笑い事じゃないです……」

「どうしたんだい、そんな顔をして。無事に私たちの秘密は守られたんだから、よかったじゃないか」

「無事じゃないです」

アリアは睨《にら》むようにラルシェを見た。

「やっぱり、交換日記なんてするべきじゃなかったんです。フェルトに魔法能力が目覚めてしまったのは、私たちのせいです」

直接の刺激になったのは、ラルシェがノートに付けた蒼マレーンの花の精霊だが、そもそもアリアが転移魔法を暴走させてノートごと木の上へ移動しなければ、起きなかった騒動である（魔法が暴走した原因は、これまたラルシェの過剰な愛情表現にあったとしても！）。

魔法能力なんて、なければないで別に困らない代物《しろもの》だ。むしろ、そんな能力を持って生まれたばかりに苦労している自分のことを思えば、アリアはフェルトに対して申し訳なさしか感じなかった。うっかり余計な能力を目覚めさせたせいで、フェルトの人生を狂わせてしまったかもしれない――そう考えると心苦しいのだ。

アリアがそんな思いを語ると、ラルシェは優しく頭《かぶり》を振った。

「君だけが反省することはない。ノートに蒼マレーンの花の精霊を付けたのは私だからね。悪いのは全部私だよ」

そう言ってラルシェはアリアを抱き寄せ、ひょいと膝《ひざ》の上に載《の》せた。

「私が悪かった。アリアを悲しませるつもりはなかったんだけど、悪いのはすべて私だよ。どうやってお詫びしよう？　可愛いアリア、笑っておくれ」

アリアのご機嫌を取るように、ラルシェの指が髪をくすぐり、頬を撫《な》でる。またこの展開になってしまった、とアリアは顔をしかめた。

――これだから、ラルシェ様には迂闊に怒ったり反省を促したり出来ないのよ！

自分を甘やかし過ぎることを注意しても、素直に謝られて、そのままお得意の『お詫びタイム』に突入してしまう。結局は何も反省させられないのだ。もっとも、さらに問題なのは、それでも彼に優しくされると嬉しくなってしまう単純な自分自身なのだが――。

どこか戸惑《とまど》いの見えるアリアを腕の中に抱きしめながら、ラルシェは内心で思った。

――人の心の中に入れるなら、私の心の中にも来てくれればいいのに。

戸惑う必要などない。ただアリアを愛《いと》しいと思っている男がここにいる、それだけのことをわかってもらえるだろうに。

もどかしい想いが募《つの》ると、アリアにもっと自分を刻みつけたくなる。けれど純真なアリアはその不穏な気配を敏感に察するのか、ラルシェが腕の力を強めたその瞬間、ふっと腕の中から消えていなくなってしまった。

またた——！

ラルシェは遣《や》る瀬《せ》ない気持ちで息を吐《つ》いた。

どんなに強く抱きしめても、アリアを自分のもとへ繋《つな》ぎ留めることは出来ない。精霊ならば簡単に束縛出来るのに、アリアを縛りつけることは出来ない。

——フェルトに期待してみるか……？

ふとそんなことを思う。

変わった娘だが、ああいう子がアリアに少し刺激を与えてやってくれると助かる。アリアは初心《うぶ》で奥手だから、あれくらい訳のわからない勢いで背中を押してもらわないと、状況の打破には到らないのかもしれない。あの子が魔法学科に通い始めたら、少し目を懸《か》けてやろうか——。

ラルシェがそんなことを考えている一方——ときめきの観察対象を見送ったフェルトは、

やる気に満ちた瞳で拳を握っていた。

──やっぱり希望は捨てないわ！

間近で見たあのふたりの並びは最高！　ふたりが付き合っている証拠は幻と消えたけれど、飽くまで私の前では関係を隠しているだけ、という想像をすれば、それをおかずに白紙のノート三十ページは埋められる！

何より、魔法能力が目覚めたということは、自分もこれから魔法学科へ通うことになる。アリアとラルシェを、今までよりもっと近くで観察出来るようになるのだ。

学園生活の中、ラブハプニングはいくらでも期待出来る。私の生み出す《ときめきの花》で、ふたりをめくるめく愛の世界へ誘《いざな》ってあげるんだから──！

そしてその頃、ラルシェの腕から逃れてどこかの物置小屋に空間転移したアリアは、ゾクッと寒気を覚えて己《おの》が身を抱きしめていたのだった。

Royal Magic Academy

*No One Knows Aria's Marriage*

## 第二話

# フライムベリーの鍵

# 生《な》らない果実

「だから、学校でこういうことはやめてくださいって……！」

今日も今日とて補習室の中、アリア嬢は担任教師の膝《ひざ》の上にいた。

もがくアリアをいとも簡単に抱き込み、髪を撫《な》で、頬を撫でながら、ラルシェは悪怯《わるび》れない顔で言う。

「やめられないよ。私は、一日一度はアリアを可愛がらないと、アリアが足りなくなって干からびてしまうんだ」

「どんな特異体質ですか……！」

「アリア病の症状だよ。アリアのせいなんだから、仕方がない」

「変な病気を勝手に作らないでくださいっ」

アリアはむくれ顔で言い返してから、ラルシェの腕の中でため息を吐《つ》いた。

憧《あこが》れの王子様ラルシェが、最近どんどん壊れていっている気がしてならない。それが自分とのアクシデント婚のせいだとしたら、どうすればいいのだろう。なりゆきで《婚姻の印》を刻んでしまって、そのことに責任を感じて自分を愛妻として扱おうとして、無理をしている結果がこれなのだとしたら——。

　俯《うつむ》いて考え込むアリアを、ラルシェが揺さぶるように起こす。

「可愛いアリア。怒らないで——ほら、笑って？　君に怒られたら、私は泣いてしまう」

　碧《あお》い瞳に優しく見つめられ、耳元に甘くささやかれると、ドキッと心臓が跳ねる。

　急激に頭へ血が昇り、間近にあるラルシェの端整な貌《かお》を正視出来なくて目を逸《そ》らす。それなのに、顎《あご》を取られ、赤くなった顔をラルシェの前に晒《さら》されて、アリアの胸の動悸《どうき》が限界に達した時——。

　ふっ、と気が遠くなった。

　その次の瞬間、アリアは木の上にいた。周囲に見える風景から察するに、魔法学科校舎の裏庭に植えられたフライムベリーの木である。

　——またやっちゃった……。

　パニックを起こすと転移魔法が暴走するのは変わらない。心臓に悪い状況から脱した安心感と、ラルシェから逃げた格好になったばつの悪さで、苦笑いが漏《も》れる。

　とにかく降りよう、と下へ目を落とすと、木の下に見知った下級生がいるのに気がついた。栗色の髪を肩の上で切り揃《そろ》えた小柄な少女——フェルト・ユーベルントである。何やら難しい顔で木の周りをぐるぐる回り、首を傾《かし》げたり腕組みをしたり、やがて樹上を見上げてきたところで、バチッと目が合った。

「アリアお姉様？」

丸い目で呼びかけられ、アリアは慣れた調子でするすると木を降りる。

「こんなところでどうしたの、フェルト」

本来は、こんなところでどうしたの、は木の上にいたアリアの方である。だがアリアのノーコン転移魔法を知っている生徒たちは、この残念な令嬢がどんな奇妙な場所からひょっこり顔を出しても今さら驚かないのだった。

実際フェルトも、アリアが木の上にいた経緯《けいい》を取り立てて詮索《せんさく》することもなく、自分の事情を説明した。

「さっき指導担任の先生から、実習課題を出されたんです。校舎の裏に植えられているフライムベリーの木の中に、一本だけ実を付けていない木がある。原因を調べてから、開花魔法を使ってその木に実を生《な》らせなさい——って」

「そういえば……この木だけ、実が生っていないわね」

アリアも言われて気がついたが、周りのフライムベリーの木にはたくさんの赤い実が付いているのに、アリアが移動してきたこの木だけ、ひとつも実が付いていない。心做《こころな》しか、他の木と比べれば葉の色も悪いように見える。

「病気なのかしら？」

「そもそも花芽も付いてないんですよね。花が咲かないんじゃ、実も生らないですよね～。原因を調べろと言われても、どうしていいやら――」

腕組みをして唸《うな》るフェルトの隣で、アリアも同様に唸った。

――もしかして、私のせいだったりするのかしら……？

実は、この木には今まで何度も迷惑をかけているのである。こうやって度々《たびたび》枝の上に移動してきてしまうことだけでなく、枝に引っ掛かったスカーフを取ろうとして転移魔法を誤発動させ、木を丸ごと引っこ抜いてしまったこともある。数年前の失敗だが、あの時は慌《あわ》てて植え戻したので事なきを得たように見えたものの、もしかしたらそれが遠因で今になって実が生らなくなってしまったのかもしれない――そう思うと、罪悪感が疼《うず》く。

さらにもうひとつ、アリアには弱みがあった。フェルトに開花魔法が目覚めたのは、自分が原因だ。一般生徒の通う教養学科から魔法学科へ転科し、慣れない魔法能力を使いこなすために頑張っているフェルトには、出来る限りの協力をしてやらなければならないと思っている。だから、

「お姉様、ちょっとこの木の精霊を呼んで、事情を聞いてもらえませんか？　それが一番手っ取り早い気がします～」

そう頼られると、手伝ってやりたくなる。魔法能力者と一口に言ってもそれぞれで、万物に宿る精霊との接触が得意な者もいれば不得意な者もおり、とりわけフェルトのように突然魔法能力が目覚めた場合、精霊と意図的にコンタクトを取るのは難しいようだった。引き替え、アリアの唯一《ゆいいつ》の特技と言えるのが、歌で精霊を呼び寄せることである。

「そうね……ちょうど、フライムベリーの歌を知っているから――」

アリアは呼吸を整え、歌い始めた。

フライムベリー
フライムベリー
赤い木《こ》の実

フライムベリー
フライムベリー
幸いの鍵

フライムベリー
フライムベリー
願いを叶《かな》えておくれ

「――これ、お姉様が作った歌ですか？」

「ううん、これは我が家の領地――モデラート領に古くから伝わる歌なの。フライムベリーの木が多い土地なのよ」

「そうなんですか～。道理で歌詞に変な擬音が入ってないと思った……」

「何か言った？」

そんなやりとりをしているうちに、目の前でフライムベリーの木が陽炎《かげろう》のように揺らめいたかと思うと、太い幹からすうっと精霊が抜け出てきた。

「わ、フライムベリーの精霊……！」

フェルトが思わず声を上げたとおり、精霊は真っ赤なフライムベリーの実を表すように赤い髪をした少女の姿を取っていた。しかし燃えるような髪色とは反対に、その顔色は蒼《あお》く、見るからに具合が悪そうだった。

「ごめんね、呼び出しちゃって――。大丈夫？　病気なの？」

アリアが話しかけると、精霊は掠《かす》れた小さな声で答えた。

「誰かが……木の根元に毒を埋めたの……。そのせいで、具合が悪くて……。おかげで実も生らせられなくて……」

「毒？」

アリアはフェルトと顔を見合わせた。

「誰がそんなことを？」

「わからない……。わたしが眠っている間のことで……目が覚めたら身体が痺《しび》れていて……。お願い、毒を掘り出して……。わたしはそれに触れることが出来ないの……」

「なんだかわからないけど、それを掘り出せば実が生るなら、簡単な話だわ。課題合格一直線！」

フェルトは張り切ってシャベルを借りてくると、木の根元を掘り始めた。そう深く掘らないうちに、小さな油紙の包みが出てきた。

「これが毒っ？」

少し身構えながら、フェルトはシャベルの先でツンツンと包みを突《つつ》く。

「大丈夫……人間には毒になるものじゃないから……」

精霊にそう言われ、「なーんだ、早く言ってよ」とフェルトは包みを手で開いた。アリアもそれを覗《のぞ》き込む。

「鍵……？」

油紙に包まれていたのは、小さな銀の鍵だった。つまみの部分には精緻《せいち》な花模様が刻まれており、上等なものだと一目でわかる。

「ああ……やっぱり……銀だったのね……。フライムベリーは銀が苦手なの……。こんなものを根元に埋められたら、弱って死んでしまう……」

精霊が消え入りそうな声で言う。

「でも、こうやって掘り出したんだから、もう元気になるんじゃないの？」

フェルトの問いに精霊は頭《かぶり》を振る。

「今のわたしは、この鍵に封印を施《ほどこ》されたような状態なの……。鍵を開けて……。そうしないと、力を取り戻せない……」

「開けてと言われても、これ、何の鍵？」

わからない、と再び精霊は頭《かぶり》を振る。

「わたしにも、その鍵が何を開ける鍵なのかはわからない……。でも、それを開けない限り、わたしに力は戻らない……。この木に実を生らせることは出来ない……」

「それは困るわ！　実が生ってくれないと、私の課題が終わらない！」

お姉様～と泣きつかれ、アリアはフェルトの肩をぽんぽん叩いて頷《うなず》いた。

「私も協力するから、まずはこの鍵の持ち主を捜しましょう。そうすれば、何の鍵かわかるでしょう」

「そうですね、こんなところに埋めたんだから、学校の中の誰かの仕業《しわざ》だろうし――」

アリアとフェルトは、必ず封印を解いてあげると精霊に約束し、フライムベリーの木を後にした。

◇――＊◆＊――◇

そうして、アリアとフェルトが校舎へと戻りながら、まずはどこから聞き込みを開始しようか――と話し合っていた時だった。校舎の方から走って来る金髪白衣の青年が、こちらに声を投げてきた。

「ああ、アリア！　トリルを見なかったかい？」

「お兄様――」

走って来たのは、アルト・ド・ラース・モデラート――淡い金の髪も湖色の瞳も、柔和《にゅうわ》な顔立ちも、アリアとよく似た兄である。

アルトはそもそも、男子部の魔法制御指導教師だったのだが、つい先頃、女子部へ転属となった。その理由というのが、

「トリルは見かけていませんが——また何か暴走させたのですか？」

「黒板と教室中の机をひっくり返して逃走中だよ。まったく、幸い授業が終わったあとで、怪我人《けがにん》が出なくてよかったよ……。こっちの方へ走って行ったと思ったんだけどな。とにかくすばしっこくて、捕まえるだけで一苦労なんだ」

トリル・マロン。麦わら色の髪に大きなクルミ色の瞳を持つ、今年十歳で魔法学科に入学してきた物動《ぶつどう》魔法能力者である。

物動魔法とは、読んで字の如《ごと》く、物を動かす魔法だが、トリルのそれは手に負えない発動力と無制御さを併《あわ》せ持っていた。魔法教育を受ければ少しは制御を覚えるかと思いきや、その暴走は日を増すごとに激しくなり、とうとうアルトが男子部から呼ばれたのだ。

何となれば、アルトが有するのは強力な魔法協調力。他者の魔法能力に寄り添い、導く力——要するに、他人の魔法を制御する力である。この能力を持つ者は少なく、魔法学校の教師として格好の適性なため、アルトは学士院を卒業したあと学校側から熱烈に就職勧誘された。それで仕方なく、家を継ぐまでという条件で受けたのである。

アルトが男子部に配属されたのは、女子部には妹のアリアがいるためだった。身内がいると甘えに繋《つな》がるということで、別々にされたのである。しかし、今年女子部に入学した新入生のノーコン物動魔法能力者ぶりが、そんな建前を吹き飛ばしてしまった。アルトを指導担任として付け、なんとか力を抑え込まなければ、授業を受けさせることもままならないのだ。

「いやはや、魔法能力以前に、驚くべき身体能力だよ。こちらがちょっと隙《すき》を見せればすぐ逃げるし、恐ろしいまでの体力と機敏さで、毎日追いかけっこの耐久レースさ」

アルトがぼやく傍《そば》から、校舎の向こう側で大きな音がした。

「しまった、あっちか……！」

身を翻《ひるがえ》して駆けてゆく兄を見送り、アリアは神妙な表情で「お疲れ様です……」とつぶやいた。その言葉を拾い、フェルトが訊《たず》ねてくる。

「そういえば、アルト先生はお姉様の魔法を制御することは出来ないんですか？」

「お兄様は、物動魔法と火炎魔法の能力者だから。それらの能力になら協調して導くことが出来るけれど、私の転移魔法には協調出来ないの」

アリアの返答に、フェルトは小さく肩を竦《すく》めた。

「魔法って、変なところで融通利《ゆうずうき》きませんよね～」

「そうね……」

魔法能力を持たない人間は、さぞかし魔法を便利な力だと思うのだろうが、それを使いこなす苦労は当事者になってみなければわからないものなのだ。

だからこそ、フェルトに魔法能力を目覚めさせてしまった罪は重い、と思う。

——私に出来る限りの責任は取らなきゃ。

フェルトの課題を手伝うため、封印に苦しむフライムベリーの精霊のためにも、早く鍵の持ち主を捜し出そう——。そんな思いを新たにするアリアだった。

# お姉様と野生児

その後、アリアとフェルトは校内を回り、フライムベリーの木の根元に鍵を埋めた人間を捜した。しかしすでに放課後だったこともあり、残っている生徒は少なく、目ぼしい情報は得られなかった。

「仕方ないわ。明日、改めて捜しましょう」

「そうですね～」

頷《うなず》き合い、ふたりが寄宿舎へ帰ると、そこは大騒ぎだった。ガタン、ドタンとひっきりなしに物が倒れる音、生徒たちの悲鳴、叫び声。

何事かと訊《き》けば、トリルが暴れているのだという。

「またトリルが？」

「学校でも暴れたのに、まだ暴れ足りないんですかね。子供は元気ですね～」

フェルトが呆《あき》れたように言いながらも野次馬をしにトリルの部屋へ向かうので、アリアもそれに付き合うことにした。

王立学士院女子部の寄宿舎はふたつの棟で構成されている。ひとつは遠方から入学してきている生徒の住まい。もうひとつは、魔法学科生のみの住まいである。未熟な魔法能力者を教育するための魔法学科では、生徒全員が寄宿舎への入舎が義務付けられ、特別に厳しい規則のもとに暮らしているのだった。

寄宿生の部屋割りは、初等学年（一～三年生）が四人部屋、中等学年（四～六年生）がふたり部屋、高等学年（七～九年生）がひとり部屋となっている。ピカピカの一年生トリルは四人部屋だが、その部屋の中を四つのベッドや机、様々な小物が飛び交い、それを他の物動魔法能力者の生徒が抑えようとしている。

「トリル！　落ち着いて！　痛たたっ……こら！　筆箱を投げない！」

「窓ガラスを割ったらまた反省文よ！　泣かなくていいから、ほら、気を静めて……！」

同室の三人は室外へ避難しておろおろするばかり、当のトリルは泣き喚《わめ》きながら手当たり次第に物を投げつけ、魔法で大きな家具を飛ばし、人を遠ざけようとする。

どうしても手に負えない時は指導教師が呼ばれるが、基本的に魔法学科寄宿舎では、後輩の魔法暴走を抑えるのは先輩の役目という伝統がある（アリアもよく転移魔法を暴走させては先輩方に迷惑をかけてきた）。上級生たちは根気よくトリルに話しかけ、落ち着かせようとしていた。

トリルは麦わら色の髪を振り乱し、涙と鼻水で顔をくしゃくしゃにしながら、両手足をばたつかせて近づこうとする上級生たちを拒《こば》む。その様子を人垣の隙間《すきま》から見たアリアは切ない気持ちになった。

制御出来ない魔法能力というのは、自分でもどうしようもないのだと、アリアはよく知っている。トリルも好きで魔法を暴走させているのではないのだろう。まだ十歳という幼さで親元を離れて寄宿舎へ入れられて、知らない人たちの中で厳しい規則に縛られて――魔法発動力の高い子供ほど、パニックを起こして力を暴走させやすいのだ。アリアにも経験のあることだった。

なんとかしてやりたいが、自分自身が制御不能な魔法能力を持つ身で、しかも畑違いの物動魔法能力を抑えてやることなどアリアには出来ない。立ち尽くしたまま無力さを噛み締めていると、不意に背後から涼しげな声が飛んできた。

「ちょっと通してくれるかな」

その女生徒にしては低い声に、人垣が一斉に割れる。

「リュシル様、ミュリエット様――」

やって来たのは、魔法学科寄宿舎の監督生、リュシル・ド・イース・レント（九年生）

とミユリエット・ド・イース・プレスト（九年生）だった。共に大貴族の令嬢で、短い青銀の髪に長身のリュシルは《女子部の王子様》と異名を取る麗人、燃えるような赤い巻毛を持つミユリエットは華やかな顔立ちの美少女である。

　リュシルが大騒ぎの室内へ切れ長の眼を効かせた途端、飛び回っていた物がキーンと凍りついて固まり、床に転がった。リュシルは物を凍らせることの出来る氷結魔法能力者なのだ。

　そうしてリュシルがミユリエットをエスコートするようにして部屋に入ると、さすがのトリルも少し怯《ひる》んだ様子を見せた。他の上級生とは明らかに格の違う、魔法学科が誇る二大美人に挟まれ、俯《うつむ》いて縮こまる。

「また盛大にやったねえ、トリル。そろそろ夕食の時間だけど、運動をしてお腹を空かせるにしても限度があるんじゃないかな？」

「あらあら、リュシルったらシーツまで凍らせてしまって。ねえトリル、このまま冷たいベッドで眠りたくなかったら、おいたはこのあたりにしておいた方がよくってよ。ごめんなさいと謝ったら、凍ったシーツをわたくしが融《と》かしてあげる」

　ミユリエットは炎や熱を操る火炎魔法能力者なのだ。ふたりの美人に見つめられたトリルは、俯いたままもそもそと謝った。

「ごめん……なさい……」

「よーし、じゃあ片づけは後にして、食事に行こう！」

「ほらほら、顔を拭《ふ》いて。せっかくのお食事が塩辛《しおから》くなってしまうわ」

見事、トリルを鎮《しず》めることに成功して食堂へ向かう監督生たちを見送り、アリアがふと傍《かたわ》らに目を遣《や》ると、フェルトがキラキラした瞳で涎《よだれ》を垂らしていた。

「リュシル様とミュリエット様って素敵ですよね……。学校では制服姿しか見られませんでしたけど、寄宿舎では私服が見られるのが至福……！　噂には聞いてましたが、本当にリュシル様は寄宿舎ではいつも男装なんですね！　ミュリエット様と並ぶと、とってもお似合いで！　ていうか、あのおふたりっていつも一緒にいません？　もしかして、禁断の関係とか……!?」

「ちょっとフェルト、まさかあのおふたりのことも勝手な想像で物語を作っているんじゃないでしょうね？」

「え？　えへへ、そんな～……」

この顔は、書いている。絶対だ。アリアはそう察して苦笑した。

◇――＊◆＊――◇

翌日から、アリアとフェルトは手分けをして、フライムベリーの木の根元に鍵を埋めた人物を捜し始めた。だが誰に訊いても心当たりはないと言われ、何日経《た》っても手掛かりが見つからない。

「お姉様、フライムベリーの精霊にもう一度話を聞いてみましょうよ～」

「そうね、ちょっと相談が必要かもね……」

放課後、フェルトと待ち合わせたアリアが校舎裏のフライムベリーの木のもとへ向かうと、件《くだん》の木の下でトリルがうろうろしているのを見かけた。

「トリル？　どうしたの？」

アリアが声をかけると、トリルは飛び上がるように驚いた様子を見せ、逃げ出そうとした。その進行方向からちょうどフェルトが来たので、アリアは咄嗟《とっさ》に「トリルを捕まえて！」と叫んだ。

「えっ？」

フェルトが面喰らいながらもトリルを捕まえようとするが、すばしっこいトリルはフェルトの腕を掻《か》い潜《くぐ》って逃げてしまった。

「どうしたんですか、お姉様。トリルが何か？」

トリルを捕まえ損《そこ》ねて尻餅《しりもち》をついたフェルトを、アリアは「ごめんね」と言いながら起き上がらせる。

「ううん……何か、トリルがこのフライムベリーの木を気にしてるみたいだったから……。何か知っているのかなと思って」

「あの子が鍵を埋めたとでも？　でもあの子、どこかの地方から来た農民の子だって聞きましたけど。銀製の鍵なんて持ってないんじゃ？」

「それはそうなのだけれど……」

経済状態が良くなければ入学出来ない教養学科と違い、専門学科――特に魔法学科は能力ありきである。トリルのように地方出身の庶民でも、高い魔法能力の持ち主であれば、学費免除の上で入学が許される。――というより、無理矢理入学させられるのだ。能力に見合う魔法制御力を磨き、倫理観を養わせるために。

だが新学期以来、ラルシェとのことで神経を磨り減らす日々を送っていたアリアは、校内を騒がせているトリルに目を遣る余裕がなかった。ごく最近になって、兄が彼女のせいで女子部へ転属になったと聞き、これは大変な新入生だとようやく認識したのである。

トリルが相当な田舎《いなか》から出てきた子らしいという噂は聞いている。確かに、銀製品を持ち歩くような身分ではなさそうだが――

――でも、私が声をかけた時、ひどく驚いた顔をしたのが気になったのだけれど……。

それこそ、何かをそこに隠しているのを見つかったかのような顔だったのだ。だから咄嗟に、捕まえてと叫んでしまった。

「私の推理では、この鍵の持ち主は絶対に貴族令嬢です。絵面《えづら》として、そうでなきゃおかしいです。お嬢様が持つ綺麗な宝石箱の鍵以外にあり得ませんよ。それでもって、その宝石箱には――」

フェルトが推理を語る途中で、不意に、ガシャーン！　と大きな音が響いた。アリアたちの背後で校舎の窓ガラスが割れ、そこからトリルが飛び出してくる。そして、それを追って窓からアルトも飛び降りてきた。

「トリル、待ちなさい！　話を聞きなさーい！」

「ダイナミックな追いかけっこですね～。ていうか、さっきの今でもう校舎の中に逃げ込んでたなんて、サルみたいな子ですね～」

感心するフェルトを置いて、アリアもトリルを追いかけた。

「ちょっと、お姉様⁉　どこ行くんですか～！」

「やっぱり何か、気になるのよ……！」

結果、アリアと共にフェルトも追いかけっこに参加し、校舎をぐるり回って内庭を横切り、池を越え、温室を抜け、寄宿舎裏の雑木林でやっとアルトがトリルを取り押さえた。

「うぎゃあぁん、はーなーせ〜〜！　や〜だ〜あぁ〜〜!!」

アルトの両腕にがっちりと摑まえられたトリルが大声で喚《わめ》き、物動魔法が発動すると、周囲の木々が引き抜かれ、浮き上がりかける。しかしアルトの魔法協調力がそれを抑え、抜かれかけた木の根が元に戻ってゆく。

トリルがいくら喚いて力を暴走させても、アルトがそれを無力化してしまう。魔法の発動者と離れているほど制御は難しくなるが、これだけの至近距離にいれば、アルトの魔法協調力は無敵である。

アルト自身の物動魔法能力は発動力に乏《とぼ》しく、ろくろく物を動かすことが出来ない。その代わり、他者の物動魔法に協調すれば、大きな馬車でも建物でも動かすことが出来る。ラルシェの魔法干渉力《かんしょうりょく》と並んで、アリアにとっては羨《うらや》ましい能力だった。

「ねえ、トリル。どうしてそんなに暴れて逃げ回るの？　何が気に入らないの？」

アリアが優しく訊《たず》ねても、トリルはアルトの腕の中で奇声を上げてもがくだけだったが、やがていくら暴れてもアルトには敵《かな》わないと悟ると、力なく答えた。

「あち……あち、こんなとこ、やだ……村ぁけぇりたぁ……んだけ、けぇれなぁ……」

「え……？　その言葉……もしかして、あなたの出身はモデラート領？」

アリアの問いにアルトが頷く。

「そうだよ。トリルはモデラート領リル村の出身だ」

「まあ」

モデラート家の領地はアルディート王国の北中部にあり、リル村といえばその北端にある小さな農村である。トリルの出身地に驚くアリアの一方、トリルはトリルで、自分の目の前にいるのが領主様の息子と娘であると知って驚いている。

「だからね、トリル。僕もアリアも長い休みはモデラート領で過ごしているし、田舎の方言もわかる。君の言いたいことを聞いてあげられるから、何か思うことがあるなら話しなさい。――と、ずっとそう言って追いかけているんだけどね……」

トリルは聞く耳も持たずに逃げ回っていた、ということらしい。アルトはいい加減トリルを押さえ込んでいるのも疲れた様子で、「放すけど、逃げないね？」と確認してから腕を開いた。

アルトから一歩離れた場所に座り込んだトリルは、ぽつぽつと語り出した。

モデラート領の北端、山間《やまあい》の小さな村に生まれたトリルは、物心付く前から物動魔法が使えた。だがその力で仕事の役に立てるならよかったが、トリルの制御出来ない物動魔法は、草取りをしたくても、狙った畑とは別の畑の、まだ収穫期を迎える前の野菜を片っ端《ぱし》から引っこ抜いてしまう。よその家や物置きを潰《つぶ》してしまった失敗も数え切れない。村に迷惑をかけてばかりで、家族にも肩身の狭い思いをさせていた。

こんな魔法なんて要《い》らない――。

普通にみんなと同じように畑仕事をしたいのに、それが出来ない。

要らないなら使わないでいればいいのかといえば、そうもいかない。使う気がなくても勝手に魔法が発動してしまうのだ。

要らないのに、無視してはいられない力。それを使いこなすため、魔法教育校へ入れられることになった。だがトリルの物動魔法は発動力が強く、地方の魔法学校では手に負えないと判断され、王都の学士院へ送られてしまった。

村から出るのも初めてだというのに、貴族令嬢がたくさん通う学士院に放り込まれ、まったくの別世界で訳がわからなかった。洗練された都の言葉はよくわからないし、自分の喋《しゃべ》っている言葉も訛《なまり》が強過ぎて人に伝わらない。

そもそも字もあまり読めないのだ。教科書に書かれていることがよくわからないし、授業で先生が言っていることもわからない。方言が恥ずかしくて、わからないことを訊き返すことも出来ず、結局、何もかもがわからない。

寂《さび》しくて不安で、魔法の暴走は酷《ひど》くなるばかりで、そのせいでまた叱《しか》られ、怖くて追いつめられて、どうしていいのかわからなかった。

そこへ、新しい教師のアルトがやって来た。この先生の近くにいると、魔法を抑え込まれる。厭《いや》だ。無理矢理押さえつけられて勉強をするなんて真っ平だ。自分でもこのままではいけないとわかっているのに、その一方で、自分が勉強なんかしても無駄に思えて、とにかく何もかもが厭で、逃げ出したくなった。

アルトと追いかけっこを繰り返していたある日、学校の庭で銀色の鍵を拾った。綺麗な花模様の細工が施された、小さいけれど立派な鍵だった。

それを見て、ふと故郷に伝わる歌を思い出したのだ。

「フライムベリー、フライムベリー、赤い木《こ》の実……フライムベリー、フライムベリー、幸いの鍵……フライムベリー、フライムベリー、願いを叶《かな》えておくれ……」

この歌には伝説があり、フライムベリーの木の根元に鍵を埋めると、なんでも願いを叶えてくれる魔法の宝箱が生《な》るという。その宝箱を、木の根元に埋めた鍵で開けると、中からフライムベリーの精霊が出てきて願いを叶えてくれるのだと。

ただのお伽話《とぎばなし》なのだろうが、信じてみたくなった。そういえば、この学校にもフライムベリーの木がたくさん植えられている。あまり人目に触れないよう、校舎裏の木の根元に鍵を埋めてみた。

そうして時々様子を見に行っていたのだが、周りの木には次々に実が生っているのに、鍵を埋めたフライムベリーの木にだけは、花も咲かず、実も付かない。もしかして、自分が埋めた鍵のせいだろうか？

フライムベリーの様子が気になって何度も見に行っていると、ある日、根元に掘り返された跡があることに気がついた。埋めた鍵がなくなっていた。

――誰かに掘り出された⁉

誰が持ち去ったのかを知りたくて、鍵を返して欲しくて、度々《たびたび》木の周りをうろついていた。そこを先刻、アリアに話しかけられ、反射的に逃げ出してしまったのだった――。


「そういうことだったの――」

トリルの身の上話を聞き終え、アリアがしみじみつぶやいた時。

「あっ」

こちらの隙を衝《つ》いて、トリルが素早く立ち上がり、また逃げて行ってしまった。

「トリル――！　だからどうして逃げるのよ、その鍵はここにあるのに……！」

「なかなか懐《なつ》かない野生動物みたいな子ですね～」

「まったく、人の話を最後まで聞かないのが最大の欠点だよ、あの子は……！」

アルトもそうぼやき、再びトリルを追いかけて行った。

それを見送り、アリアはフェルトと顔を見合わせた。

「鍵を埋めた人物は判明したけれど、鍵の持ち主自体は別にいることもわかったわね」

「そうですね。トリルに鍵を返すより、元々の持ち主に返すべきですよね」

「そうね……でも──」

アリアはフライムベリーの木のもとへ戻り、精霊を呼び出した。精霊の顔色は、数日前よりも悪くなっていた。

「ごめんなさい、具合の悪いところ……。あのね、私の家の領地に、これこれこういう昔話があって──そのお話どおり、木に魔法の宝箱を生らせることは出来る？」

「お姉様!? トリルの信じてるお伽話に付き合うんですか？」

あなたの妄想物語よりは、可愛げがあって、叶えてやりたいと思うわよ──という言葉をアリアは呑み込んで、精霊の返事を待った。

「……ああ……そういう遊びをする仲間がいるとは聞いたことがあるわ……。生らせることは出来るけれど……何にせよ、鍵を開けて封印を解いてもらわないと、今のわたしに魔法は使えないわ……」

「そう――。じゃあやっぱり、鍵の持ち主を見つけなければいけないわね。でも、埋めた人物と鍵の持ち主が別なら、あなたに鍵の持ち主の手掛かりを訊いても無駄――よね？」

　精霊はこくりと頷く。その傍らで、フェルトがポンと手を打った。

「そうだわ、お姉様！　校内新聞に広告を出すのはどうですか？　時々、落とし物とか拾い物で広告の申し込みがあるんですよ」

「なるほど……。いっそ、それが早いかもしれないわね」

「あ、でも部員の広告利用は禁止されてるので、お姉様の名前で出しますね。心当たりのある人には、お姉様に声をかけてもらうようにしましょう」

　そう言ってフェルトは、制服のポケットから出した銀の鍵をアリアに渡した。

◇――＊◆＊――◇

　翌々日の校内新聞に、『校内で銀の鍵を落とした方は、八年生のアリア・ド・イース・モデラートまで』と広告が載《の》った。その日、昼休みになって真っ先にアリアのもとへやって来たのはトリルだった。新聞を読んだというより、教室で噂になっていたのを聞きつけて来たらしい。

教室の外、廊下へ出て話を聞くと、トリルは険しい瞳でアリアを睨《にら》んだ。

「鍵を掘り出したぁ、あぁだっけかん」

「そうよ。その話をする前に、あなた、逃げてしまったんだもの」

鍵を返して欲しい、初めに拾ったのは自分だからこの鍵は自分のものだ、と訴えるトリルに、アリアは頭《かぶり》を振った。

「これを返したら、またフライムベリーの木の下に埋めるの？」

「そだ」

「駄目よ。フライムベリーにとって、銀は毒なの。こんなものを埋められたら、木が枯れてしまうわ。今もフライムベリーの精霊は、身体に回った毒に苦しんでいるの」

だったら、また木の根元にこの鍵を埋めると脅《おど》せば、精霊を言いなりに出来るのではないかとトリルは言う。

「無茶なことを言わないで……。言いなりにしたところで、今の精霊はまともに力を使えないのだから、何もしてもらえないわ。この鍵は、きちんと持ち主に返すべきなのよ」

しかし、いくらアリアが説得しても、トリルは鍵を諦《あきら》めようとしなかった。自分は鍵なんて他に持っていない、鍵を掛けるような持ち物はない、だからこの鍵がないと困るのだと言って聞かない。

「そうまでして、あなたはフライムベリーの精霊に何を叶えて欲しいの？」

アリアの問いに、一瞬ぐっと言い詰まったあと、トリルは「うるさい、うるさい〜!!」

と叫んで物動魔法を暴走させた。

廊下の床板が剝《は》がれ、窓枠が外れ、ガラスが割れる。そしてアリアが持っていた鍵すらも指から弾《はじ》かれ、ガラスのなくなった窓の外へ飛んで行ってしまった。

「あっ――！」

アリアとトリルは慌てて校舎の外へ出て鍵を捜したが、窓のすぐ下に落ちたものと思われた鍵は見つからなかった。近くにいた生徒に訊ねてみれば、銀色の何かが風に巻かれて飛んで行ったのを見たという。

「風の精霊に持って行かれてしまったの――⁉」

性質として、風の精霊は悪戯者《いたずらもの》が多い。落とし物や、人の手にある物を攫《さら》って持ってゆくのが特技だと言ってもいい。

「どうしよう……」

呆然とするアリアを、トリルは顔を真っ赤にして睨み、

「なんでぇ、みんなして、あちの邪魔ばっかしんなだかっ！　嫌《きれ》えだあ、バカ――！」

子供らしい捨て台詞を残して駆け去って行ったのだった。

さらに、その日の放課後、鍵の持ち主を名乗る人物が続けざまにアリアのもとを訪れた。初めにやって来たのは、リュシルだった。

寄宿舎では王子様スタイルを貫くリュシルだが、学校ではそれが校則違反になるため、きちんと女子部の制服を着ている。スカートも似合わないわけではない。しかし寄宿舎での姿があまりに自然なため、制服姿の方が不自然に見えてしまうという不思議である。

リュシルが八年生の教室へ入ってくると、残っていた生徒が遠巻きにこちらを見ながらきゃあきゃあ言い始める。

「ちょっと、人に聞かれたくない話なんで、外に出られるかな」

教室の外へ出て、人目のない廊下の片隅まで歩いたところで、リュシルが言った。

「校内新聞に出てた、鍵のことなんだけど。それたぶん、私が落としたものだと思う」

「えっ」

「銀の鍵だよね？　つまみに花の模様が彫り込まれてて、このくらいの大きさの」

鍵の形は確かにリュシルが説明するとおりなので、こくこく頷いてから、アリアはばつの悪い思いで口を開いた。

「あの――すみません……。実は、その鍵なのですが、ついさっきうっかり落としてしまって、どうやら風の精霊に持って行かれてしまったようで——」

恐縮頻《しき》りに謝ると、リュシルはあっさり言う。

「あ、そうなんだ。それならそれでいいよ」

「は？」

「失《な》くしたなら失くしたままでいい、ってこと。それより、私が鍵の件で君のところへ来たことは、他言無用でお願い出来るかな？」

「は、はあ……？」

アリアは訳がわからないまま、去ってゆくリュシルを見送った。

——どういうこと？　リュシル様が鍵の持ち主なら、取り戻したくて私のところへ来たんじゃないの？　失くしたままでいいって、なぜ？　他言無用って？？

首を傾《かし》げながら教室へ戻ろうとすると、今度は派手な赤い巻毛を揺らしてミュリエットがやって来た。ミュリエットは、こそこそした様子でアリアの耳元に話しかけてくる。

「あのね、アリア。新聞に載っていた鍵のことなのだけれど……あれ、わたくしが落としたものなの」

「えっ……」

アリアはぱちくりと瞬《まばた》きしてミュリエットの顔を見た。

つい今、リュシルがあの鍵は自分のものだと言っていったばかりだ。どちらが本当の持ち主なのだろう？

「花模様のつまみの、小さな銀の鍵でしょう？」

「そ、そうです。そうなんですが――」

アリアは二度《ふたたび》、自分の不注意で鍵を失くしてしまったことを説明した。すると、リュシルとは反対にミュリエットは眉根を寄せ、「それは困るわ」と言った。

「どこで失くしたの？　あれはわたくしのお気に入りの鍵なの。早く見つけ出してちょうだい」

「すみません！　なんとか急いで捜し出しますから――！」

ぺこぺこ頭を下げるアリアに、それを見たミュリエットははっと我に返ったような顔になり、一転して嫣然《えんぜん》とした笑みを浮かべた。

「ごめんなさいね、アリア。怒っているわけではないのよ。元はといえば、わたくしが鍵を落としたのが悪いのだものね。ええ、怒ってなんかいないわ」

ミュリエットは両手でアリアの手を握って微笑む。

「わたくしは別に、怒りっぽくなんてないのよ？　自分のミスで人を責めるようなこともしないわ。わたくしのこと、誤解しないでね？　あなたのことは可愛い妹のように思っているのよ、ずっと仲良くしていきたいと思っているの。わかってくださるわね？」

妙に熱っぽく見つめられ、アリアはどぎまぎしながら頷いた。

「は、はい、私もミュリエット様をお姉様のようにお慕《した》いしています……！」

「ありがとう。あ、それからね、わたくしが鍵の持ち主だということは誰にも言わないで捜して欲しいの。お願いね」

重ねて頭を下げてミュリエットと別れたあと、アリアはまた首を傾げた。

ふたりの人物が、自分が鍵の持ち主だと申し出てきた。片や、失くしたなら失くしたままでいいと言い、片や、早く見つけ出して欲しいという。そしてふたりとも、他言無用を言い置いていった。

――どうなってるの……？

そこへ、フェルトが声をかけてきた。

「アリアお姉様！　広告の効果はありましたか～？」

「……あ、うん、えっと――それがね」

アリアは、トリルとの悶着《もんちゃく》で鍵を失くしてしまったことを説明し、けれどその後にやって来たふたりのお姉様のことを話すかどうかで悩んだ。

――どうしよう。他言無用を頼まれたけど、フェルトには言うべき？　だってあの鍵についてはフェルトも関係者だし……。というか、掘り出した当事者だし。本来なら、この子が拾い主として、あのおふたりに声をかけられていたはずの問題だし――。

だが、フェルトの持つ特性からして、持ち主がはっきりしない段階で余計なことを教えれば、リュシルとミュリエットに迷惑をかけてしまうかもしれない。ひとまず今の段階では、口を噤《つぐ》んでおく方がいいか――。

と、考えをまとめた時。フェルトが言った。

「今、そこでミュリエット様とすれ違いましたけど、鍵のことでお姉様に何かお話があったとかじゃ？」

「えっ！　どうしてそう思うの」

恐ろしいまでの洞察力にアリアは瞳《め》を瞠《みは》り、うろたえながらフェルトを見つめる。

「なんか、ミュリエット様とすれ違った瞬間、ツピーンと閃《ひらめ》いたんです。もしかして、鍵の持ち主はリュシル様なんじゃないか、って」

「えっ、リュ、リュシル様!?　ど、どうしてリュシル様もいらしたことまで――」

驚愕《きょうがく》のあまり、思わずそう口走ってしまい、フェルトがキラリと瞳を光らせる。

「リュシル様も？　ってことは、ミュリエット様とリュシル様の両方がお姉様のところに来たんですか？　鍵のことで？」

「――……」

アリアは天を仰ぎ、心の中でリュシルとミュリエットに謝った。

――申し訳ありません。フェルトの人間離れした妄想推理力に不意を衝《つ》かれ、約束を破ってしまいました――！

項垂《うなだ》れながらリュシルとミュリエットが来た用件を白状し、絶対に他言無用を念押しすると、フェルトは大きく頷き、ドンと胸を叩いた。

「もちろん、言いふらしませんよ、こんなこと。リュシル様のプライバシーに関《かか》わることですし」

「リュシル様のプライバシー？」

「これは、さっき閃いた推理に、今のお姉様のお話を加味して発展させた推理になりますが――」

フェルトは声を潜《ひそ》めて続ける。

「きっとリュシル様は、あんな風に王子様みたいに振る舞っていながら、実は女の子っぽいものが大好きなんですよ。でもみんなのイメージを壊したくないから、こっそりひとりきりで可愛いものを楽しんでいるんです。あれは、そんなコレクションが詰まった宝箱の鍵なんですよ。うっかりそれを学校で落としてしまったけれど、人の手にその鍵が渡るくらいなら、失くしたままでいい、という意味なんですよ！　そしてミュリエット様は、親友であるリュシル様の趣味をこっそり守ってあげたくて、鍵を取り戻したがっているんですよ！」

「ええ～……？」

リュシル様の秘密の宝箱？　いつもさばさばしたリュシル様が、実は女の子趣味？

そんな馬鹿な――とアリアは眉間《みけん》に皺《しわ》を寄せた。アリアが学士院に入学した時から、すでにリュシルはああいう感じの先輩だったのだ。お姉様というよりお兄様だったのだ。

「それは、あなたの勝手な妄想でしょう――」

そう言って捨てようとしつつも、自信満々なフェルトの顔を見ると、もしかして――？とも思えてくる。何せフェルトは、誰も知らないアリアとラルシェの関係を見破ってしまうほど超越した妄想力の持ち主だ。今も、何も教える前から、リュシルとミュリエットが鍵のことで声をかけてきたことを当ててしまった。これらの実績（？）を考えると、とんでもなければとんでもないほど、彼女の意見は無視出来ない気もする。

半信半疑で悩むアリアの前で、フェルトの妄想はトリルの方にまで飛び火した。

「で、ちょっとトリルのことも考えてみたんですよ。あの子も意外に優良株かもしれません。今は田舎のサルみたいな子供だけど、このまま王都の学士院で教育を受け続ければ、洗練された令嬢っぽく成長しないでもないと思うわけで。顔立ちだって、パーツを見れば悪くはないし、あの方言バリバリなところが却《かえ》って新鮮で可愛い、とかってどこかの御曹司《おんぞうし》に見初《みそ》められることもあるかもしれないし！　そう考えると、なまじな貴族令嬢より、伸びしろがあると気づいたんですよ！　ね、見守る価値ありありじゃないですか⁉　どうしよう、校外学習で学校の外に出た時とか、思いがけず貴族の御子息と知り合ったりとかしちゃったら……あの子、年上の若様に可愛がられそうな気がしません……⁉」

妄想を垂れ流しているうちに興奮が極まったのか、フェルトは開花魔法を発動させ、周囲に大輪のピンクの花をもさっと咲き乱れさせた。彼女命名するところの、《ときめきの花》である。

「あっ、いけない――」

フェルトは慌てて箒《ほうき》と塵取《ちりと》りを取ってくると、周囲に散らばった花を片づけ始める。散らかしたままにしておくと、反省文なのである。ちなみに、回収した《ときめきの花》は花壇の肥料にするらしいが、

――この子の妄想を肥料にして育つ植物はどうなってしまうのかしら……。

それを心配せずにはいられない。

フェルトの場合、魔法の制御が問題なのではなく、妄想の制御が問題なのだ。妄想を逞《たくま》

しくすることで《ときめきの花》を咲かせてしまうのだから。魔法能力自体ではなくフェルト自身の特性の問題で、これをなんとかするのは、自分の精霊にからかわれやすい特性同様に厄介《やっかい》かもしれない――と思うアリアだった。

一緒に花を片づけ、庭の花壇の傍《そば》へ運びながら、アリアは脱線した話を元に戻した。

「――ともかく。どちらが鍵の本当の持ち主なのかはわからないけれど、あの鍵で何かを開けなければフライムベリーの精霊が封印から解放されないのだから、鍵を見つけなきゃいけないのだけは確かだわ」

「そうですね～。風の精霊がどこへ持ってっちゃったのか……。風に攫われてしまったものを、どうやって捜せばいいんでしょう？」

「……」

捜し出す方法がないわけではない。が、アリアにとって、それはあまり使いたい手段ではなかった。口籠《くちご》もりながら黙っていると、

「アリア・ド・イース・モデラート」

不意に厳しい声で名を呼ばれ、ビクッとして振り返る。そこに立っていたのは、ラルシェだった。

「君が提出した課題にいくつも不備があった。これから補習室へ来なさい」

「――え、はい……」

今日は何も提出した課題はなかったはずだった。ということは、これは自分を呼び出す方便だろうが、なんだろう――？

内心で首を傾げるアリアの一方で、フェルトが再び、わさっと《ときめきの花》を咲かせた。大ぶりなピンクの花がアリアとラルシェを取り巻くように舞い散る。アリアたちのことを何か妄想したのだろうということがよくわかる現象だった。

「あっ、すみません――！　私はこの花を片づけますから、お姉様はどうぞ先生と一緒に補習室へ！　そこで思う存分いちゃいちゃしてください～！」

「だ、だから、私たちはそんな関係じゃないと言っているでしょう……！」

アリアはぶんぶん首を振り、フェルトを睨《にら》んでやってから、ラルシェに付いて補習室へ向かった。

◇――＊◆＊――◇

フェルトにはああ言っておきながら、補習室へ入るなり、アリアはラルシェの膝《ひざ》に抱き上げられてしまった。

「さあ、可愛いアリア。お言葉に甘えて、いちゃいちゃさせてもらおうか」

「フェルトの言葉に甘える必要はないと思いますが……っ。課題の不備だなんて嘘を言って、一体、何の御用ですか……っ」

抵抗などお構いなしにアリアを抱きしめながら、ラルシェは沈痛な表情を作って言う。

「御用も何も、ここ数日、君は何やら忙しそうにしていて、私に構ってくれないじゃないか。寂しい」

「さ、寂しい、って――」

子供のようなことを言うラルシェに、思わず抵抗を忘れてきょとんとしてしまう。

「校内新聞に広告まで載せて、拾った鍵の持ち主を捜しているようだけど――何か訳ありの物なのかい？」

「……」

これは自分が個人的に、フェルトの課題を手伝っているだけのことだ。ラルシェには頼りたくない。だから黙っていたのだが――

「可愛いアリア。ねえ、教えて？　私に内緒で、どんな冒険をしているの？」

耳元で優しく訊ねられると、全身をその甘い声に搦《から》め捕《と》られたようで、彼に逆らえない気分にさせられる。

「ぼ、冒険なんて別に――」

　気力を振り絞っても、とぼけていられたのはほんの少しの間だった。声音は優しいのに、ラルシェの銀縁《ぎんぶち》眼鏡の奥に光る碧《あお》い瞳は、ひたとアリアを見据えて離さない。こうなってしまうと、もう逃げられなかった。

「……実は――」

　アリアが一連の経緯《いきさつ》を白状すると、ラルシェは「なるほどね」と言って頷いた。

「それで、フライムベリーの精霊には、この一件を解決したら守護してもらえるように交渉はしたのかい？」

「え――」

　ぱちくりと瞬《まばた》きをするアリアに、ラルシェははあっと大きくため息を吐《つ》く。

「そんなことは思いつきもしなかった、という顔だね。まったくアリアらしい」

「すみません……。フライムベリーの精霊はとても具合が悪そうで、それをなんとかしてあげたいと思うばかりで……」

　アリアはしょんぼりと項垂《うなだ》れる。

「そこがアリアのいいところではあるんだけれどね。――わかったよ、じゃあ、悪戯者の風の精霊を見つけ出して、鍵を取り戻そう」

その言葉に、アリアは慌てて顔を上げた。

「え、あの、駄目です！　ラルシェ様の力は借りたくないんです。私を甘やかさないでください。これは、私が自分でなんとかしなければいけないことで――！」

精霊に顔の利《き》くラルシェに頼めば、すぐに鍵を見つけ出してもらえるだろうとはわかっていた。けれど、だからこそ、頼りたくなかったのだ。

必死に頭《かぶり》を振るアリアに、ラルシェも頭を振り返す。

「別に君を甘やかしているわけじゃない。これは私の勝手なお節介だよ。いや、私の我がままと言うべきかな？　私はいつだって、アリアの物語に登場し続けていたいんだ。君の危機に出番が欲しいんだよ」

そう言うが早いか、ラルシェは自分が使役《しえき》する風の精霊を呼ぶと、悪さをした仲間をあっという間に特定し、鍵を取り戻してみせた。

「――……」

あまりの呆気《あっけ》なさに、アリアはラルシェに礼を言ったあと、脱力して目の前の鍵を見つめた。

ラルシェ様の存在自体が、私の人生の反則だという気がする――。

そんなことを思いつつ、いざ鍵を取り戻してみると、これをどうすればいいのかという問題にぶつかった。

鍵の所有者を主張するふたり――リュシルは失くしたままでいいと言うし、ミュリエットは早く返して欲しいと言う。

やはりここは、ミュリエットに返すべきなのだろうか？

この鍵で何かを開けたら、フライムベリーの精霊は封印から解かれ、木にも実が生るという。とにかく鍵を開けなければ始まらないのだから、この鍵を必要としているミュリエットに渡すしかない――。


そう考えを決め、寄宿舎へ帰る途中、ちょうどミュリエットの姿を前方に見かけた。

「ミュリエット様！」

追いついて声をかけ、取り戻した鍵を見せると、ミュリエットは「そうよ、この鍵！わたくしの鍵よ」と言って瞳を輝かせた。だが、

「あの――これ、何の鍵ですか？」

とアリアが問うと、きゅっと口を噤《つぐ》み、答えてくれない。その黙秘の意味が、本当は鍵の持ち主ではないからなのか（本当はリュシルのもの？）、フェルトの妄想どおり、親友の秘密を守ろうとしているからなのかが、アリアには判断出来なかった。何度重ねて訊ね

ても口の堅さが変わらないので、訊き方を変えてみることにした。

「じゃあ、あの、鍵を取り戻したのですから、これで何かを開けるんですよね？」

その問いに、ミュリエットは頭《かぶり》を振る。

「えっ……開けたいものがあるから鍵を捜していたのでは？」

「鍵は取り戻したかったけれど、開けるつもりはないの」

「？？？」

意味がわからない。開けるつもりはないのに鍵が必要とは、どういうことなのだろう？

だがアリアがいくら不思議そうな顔をしても、ミュリエットは事情を説明してくれない。

このままでは埒《らち》が明かないので、アリアは仕方なく、こちらの事情を明かすことにした。

トリルの身の上とフライムベリーの精霊が被《こうむ》った封印のことを話す。

「――そういうわけで、この鍵で何かを開けなければ、精霊の封印が解けないのです。ミュリエット様にも何かご事情があるのでしたら、これが何の鍵かは伺《うかが》いませんが、どうか、この鍵を使っていただくことは出来ないでしょうか」

「……」

アリアの真摯《しんし》な願いに、ミュリエットはしばらく考え込んだあと、渋々頷いてくれた。

「わかったわ――。妹のように思っている可愛いアリアの頼みだものね。そういうことなら、ちょっとだけ、開けてあげる」

「ありがとうございます！　よろしくお願いします！」

何度も頭を下げて礼を言うアリアに、けれどミュリエットは結局、件《くだん》の鍵が何を開けるものなのかは教えてくれなかったのだった。

## 鍵を開けたら

アリアが寄宿舎に帰ると、ちょうど門限ぎりぎりで、すぐ夕食の時間になってしまった。フェルトが食堂の隣の席へ来たので、ラルシェとのやりとりはぼかしつつ、なんとか鍵を取り戻し、とりあえずミュリエットに返したことを説明した。トリルにも話さなければ――と下級生席の方を見遣《みや》ると、さっさと食事を終えて食堂を出てゆこうとするトリルの姿が目に入った。急いで席を立ち、声をかける。

「トリル！」

相変わらず敵意を向けてくるトリルを落ち着かせるのに苦労してから、無事に鍵を見つけ出したこと、鍵は持ち主に返したこと、持ち主については本人の意向で名は明かせないが、ちゃんと鍵を使ってもらうように頼んだことを説明し、

「フライムベリーの精霊の封印が解けたら、きっとあなたの力になってくれるから――」

と言いかけた時、不意に周囲が騒がしくなった。

「大変よー！　リュシル様とミュリエット様がお部屋で喧嘩してるの！」

その声に、アリアはドキリとした。

――もしかして、あの鍵が原因で？

慌《あわ》てて喧嘩の現場、ミュリエットの部屋へ駆けつけると、扉の前の人垣にはすでにフェルトもしっかり交ざっていた。

「あ、お姉様！　なんか、珍しくリュシル様が声を荒らげてたりして、本気の喧嘩っぽいですよ。鍵がなんとか言ってるんですけど、もしかして私たちにも関係あることだったりするんでしょうか」

「鍵？　ああ、やっぱりそうなの……？」

ミュリエットに鍵を渡したのは、間違いだったのだろうか？　せめて、先にリュシルにも相談するべきだったのだろうか――。

責任を感じて身を縮こまらせるアリアを、部屋の中からリュシルが見つけたようだった。

「アリア！　捜さなくていいと言ったのに、ミュリエットに鍵を渡したね⁉」

厳しい口調で咎《とが》められ、アリアはさらに首を竦《すく》める。

「何よ、わたくしの鍵なのだから、返してもらって何が悪いの⁉」

「私に預けたのはミュリエットだろう！」

「それを失《な》くしたのはリュシルじゃない！」

アリアを微妙に巻き込みつつ口論を続けるふたりに、アリアはどうしていいのかわからない。どうやら鍵の本当の持ち主はミュリエットだったようだが、それをリュシルが預かっていたというのはなんだろう？　フェルトの妄想とも違う展開である。

「――アリア、とにかくこっちへおいで」

訳がわからず立ち尽くすアリアを、ため息を吐《つ》いたリュシルが部屋の中へ招き入れる。

ミュリエットの部屋は、煌《きら》びやかな調度品に囲まれた、まさにお姫様の部屋だった。だが足元には、なぜかお菓子が散らばっている。ルビーのような赤が印象的なそれは、

――フライムベリーの砂糖漬け……？

どうしてこんなものが床に？　アリアが訝《いぶか》っている間に、リュシルが他の野次馬たちを追い払って扉を閉めようとする。そこを慌てて、「この子も一応関係者なんです！」とフェルトの腕を引っ張った。

「そもそも、フェルトの課題を手伝っていて、鍵を見つけたんです。新聞の広告では私の名前を出しましたが、鍵を拾った本人はフェルトなので」

アリアの説明に頷《うなず》いたリュシルは、フェルトを室内に入れてから扉を閉めたあと、少し苦笑して謝った。

「さっきはきつい言い方をして悪かったね。アリアは何も知らないんだから、怒る筋合いはないよね。それと、フライムベリーの精霊の件、ミュリエットから聞いたよ。あの鍵のせいで迷惑をかけてしまって、申し訳なかった」

「はあ……あの、それで結局、何がどういうことなのでしょうか？」

おずおずと問うアリアに、リュシルが答える。

「事のきっかけは、ミュリエットのダイエットなんだ」

「は……？」

「ダイエット？」

さすがのフェルトにとっても予想外の単語だったらしく、口をぽかんと開けている。フェルトですらこうなのだから、アリアにはもっと訳がわからない。

不機嫌顔で横を向いているミュリエットを見遣りながら、リュシルが事情を語り出す。

「ミュリエットは今、ダイエット中でね。大好きなフライムベリーの砂糖漬けをお菓子箱に入れて、鍵を掛けていた。その鍵は私が預かって、ミュリエットに見つからないように隠していたんだけど、どうしても甘いものが食べたくなって我慢出来なくなると、鍵を見つけ出してお菓子箱を開けてしまうんだ――」

鍵の隠し場所を何度変えても、ミュリエットは魔法や精霊の助けを借りて、鍵を見つけてしまう。そして食べ切ったらまた補充する。そんな調子でダイエットは無理だと言っても、諦《あきら》めようとしない。そこでリュシルは、たまたま近くにいたカラスの精霊に鍵をくれてやったのだという。

光り物が大好きなカラスの精霊は喜んで鍵を持って飛んで行ったが、その精霊がうっかり校内で鍵を落とし、それをトリルが拾ったということなのだろう。

「フライムベリーの実を食べたい、でも禁じなければ、というミュリエットの相反する想いが強く籠《こも》った銀の鍵を根元に埋められたせいで、フライムベリーの精霊に封印がかけられてしまったんだろうね」

「そういうことだったのですか……」

思いがけない経緯《いきさつ》を聞かされて、アリアは呆然と頷いた。

こう言ったら何だけど、フェルトの妄想以上に馬鹿馬鹿しい真相だったような……と苦笑いしつつも、失くしたなら失くしたままでいい、と言ったリュシルの意図がやっとわかった。リュシルは鍵を本当に誰にもわからない場所へやってしまいたかったのだ。

――でも、ダイエットって……？　ミュリエット様は別に太っていないのに？

アリアから見たミュリエットは、メリハリのある体型で羨《うらや》ましいと思いこそすれ、痩《や》せた方がいい身体だとはまったく思わないのだが――。

そこについては釈然としないでいると、むくれていたミュリエットが口を開く。

「この鍵は、わたくしのお気に入りなのですわ」

手の中に握っている鍵を撫《な》でながらミュリエットは言う。

「開けてはいけない鍵とはいえ、失くしたくはないのですもの。校内新聞に拾い物として広告が出ているのを見て、引き取りに行ったのですわ。ええ、鍵を取り戻しても、ダイエットは続けるつもりだった。でも――」

「あ、私が、鍵を開けてくださいと頼んだから……?」

アリアははっと口を押さえる。

あの時、ミュリエットは、鍵を取り戻しても使うつもりはないと言っていたのだ。そこを、無理を言って使って欲しいと頼んだのはアリアだった。

「お夕食は、いつものように半分で済ませて、早く部屋へ戻ったわ。そして、アリアに頼まれたから、少しだけお菓子箱を開けようと思った。開けてもすぐ閉めようと思った。でも、一度蓋《ふた》を開けてしまったら、美味《お い》しそうなフライムベリーの赤い実を見たら、どうしても食べたくなってしまって――」

ひとつ食べたら、止まらなくなった。ここ数日、鍵が見つからなくて我慢していた分、貪《むさぼ》るように食べてしまう。そこへリュシルがやって来て、食後に何を食べているのかと叱《しか》られた。だが、そもそもリュシルが鍵を失くしたせいで、歯止めが利《き》かなくなってしまったのだと思うと、腹が立って言い返した。

「あなたみたいに、食べても太らない人はいいわよね！」

言いがかりを付けられたリュシルも言い返し、それで喧嘩になってしまったのだ——とミュリエットは語った。

よく見れば、部屋の隅に、綺麗な細工が施《ほどこ》された飴《あめ》色の木箱が転がっている。蝶番《ちょうつがい》などの金具が鍵とお揃《そろ》いの銀色で、あれがミュリエットのお菓子箱なのだろう。リュシルとの喧嘩で、中身が散らばってあそこまで転がって行ったのか。

一方でフェルトはといえば、妙に深刻な表情で項垂《うなだ》れている。

「まさかそんな真相だったなんて……まったく予想もつかなかった……私はまだまだ修行が足りないわ……」

妄想推理が外れたことにショックを受けているようだが、何も教えていないうちからリュシルとミュリエットが関《かか》わっていることを当てただけでも十分どうかしている。これ以上その道の修行をしたら開花魔法の制御が難しくなるだけなので、やめた方がいい。アリアはそんな思いを籠《こ》めてフェルトの肩をポンと叩いた。そして窓の外を見遣る。

ともあれ、ミュリエットはあの鍵を開けたのだ。ということは、フライムベリーの精霊の封印は解けたのだろうか？　今はそれを確認するのが先決だと思った。

アリアの視線の行き先を読んだリュシルが言う。

「フライムベリーの木を見に行く？」

「でも――夜に寄宿舎の外へ出るのは禁止されていますし……」

アリアが口籠《くちご》ると、リュシルはウィンクをして答える。

「蛇《じゃ》の道は蛇《へび》。代々の監督生に伝えられた、舎監に見つからず外へ出る抜け道があるんだ。迷惑をかけたお詫びとして、今回は特別に案内してあげるよ」

リュシルの厚意に甘え、アリアとフェルトはフライムベリーの木の様子を見に行くことにした。ミュリエットは残って部屋を片づけつつ、点呼をごまかしてくれるとのことだった。


そうしてリュシルにこっそり抜け道を案内されながら、一連の出来事を頭の中で整理していたアリアは、ふと振り返ってつぶやいた。

「ミュリエット様、スタイル良くて、ダイエットする必要なんてないのに……」

フェルトが真相を妄想出来なくても無理はない。誰が見ても、『ミュリエット』に『ダイエット』という行為を結びつけることなど出来ないだろう。つくづく今回のことで一番理解出来ない点なので、つい声に出してしまったのだが、それが聞こえたのか、前を歩いていたリュシルがアリアの横に並び、耳の傍《そば》でささやいた。

「好きな男のためだよ」

「えっ？」

――ミュリエット様に好きな男性⁉

この男女交際禁止の学士院で？

瞳《め》を丸くするアリアに、リュシルはさらに驚くべきことを言った。

「おまえさんの兄上だよ」

ええっ⁉　と大声を上げそうになったのを、すんでのところで口を押さえて止《と》める。

ミュリエットは以前、校外学習の際に火炎魔法を暴走させてしまい、男子部から助っ人として引率に加わっていたアルトの魔法協調力に救《たす》けてもらったことがあるのだという。

それ以来密かに想っていたのだが、先日、アルトが女子部に転属してきたことで、彼の前で綺麗でいなきゃ！　お菓子を食べ過ぎる癖《くせ》をやめなきゃ！　と一念発起《ほっき》してダイエットを始めたのだ――とリュシルは教えてくれた。

アリアは絶句に次ぐ絶句で、目と口をぱちぱちぱくぱくさせた。

――うちのお兄様に、ミュリエット様が片想い……⁉

魔法協調力の高さと人の好さ以外に取り立てて特徴もないようなあのお兄様に⁉　ゴージャスなお姫様オーラ満開のミュリエット様が⁉

しかしよくよく思い出してみれば、ミュリエットから「あなたのことは妹のように思っているのよ」と言われ、熱っぽく見つめられたこともあった。あれは女子校でよくあるやりとりではなく、もっと深い意味があったのか――？

「おまえさん別に太ってないだろ、と何度言っても無駄でね。それが乙女心なのかねえ。しょうがないから付き合ってやって、厳しい監督係を務めていたんだけど――ああ、でも、これは誰にも内緒だよ。ばらしたことをミュリエットに知られたら、本当に絶交されてしまう」

悪戯《いたずら》げにささやくリュシルに、アリアはこくこく頷いた。こんな奇怪で重大な秘密を、おいそれと人に明かせるわけがない――！

と、そこへ、今まで何やら考え事をしながら歩いていたフェルトが、ふと我に返った様子で擦《す》り寄ってきた。

「リュシル様、アリアお姉様、何の話をなさっているのですか？」

慌てて話を打ち切り、アリアは白々《しらじら》しい笑みを浮かべて「なんでもないわよ！」と答えた。フェルトに今の話を知られたら大変だ。まだリュシルとミュリエットの度を超えた親友関係を妄想してくれていた方が助かる。

なんとかフェルトをごまかし、それにしても――とアリアはため息を吐いた。

実の生《な》らないフライムベリーの木、物動魔法少女トリルの入学、ミュリエットのダイエット――一見バラバラの問題が、互いに絡《から》み合っていたとはびっくりだった。

しかも、考えてみれば、すべての大本は兄のアルトにあるのではないか？　ミュリエットがアルトに想いを寄せなければ、あの銀の鍵が校庭に落とされることはなく、それを拾ったトリルがフライムベリーの木の根元に埋めることもなかったのだから。

知らないところであんな美人に想われているなんて、お兄様のくせに贅沢《ぜいたく》だわ……！

アリアが無性に疲れた気分で重ねてため息を吐くと、ちょうど寄宿舎の裏口に着いた。

「私はここで、舎監の見回りが外へ行かないように見張っているから、さっさと行っておいで」

そう言うリュシルに頭を下げ、アリアとフェルトは校舎裏のフライムベリーの木へ急いだ。幸い、月明かりの強い夜で、灯火を持たなくても足元に不自由はなかった。

件《くだん》のフライムベリーの木のもとへ着くと、木を見上げたフェルトが「あっ」と声を上げた。今まで蕾《つぼみ》のひとつもなかった木に、白い花がたくさん咲いている。そしてその中に、金色に光る小さな箱がひとつ生っていた。

「あれ、トリルが言っていた宝箱ですか……⁉」

驚いているフェルトを置いて、アリアはくるりと踵《きびす》を返した。

「お姉様⁉　どこ行くんですか――！」

大急ぎで寄宿舎の中へ戻り、リュシルの協力も得ながらトリルを連れてきた。フライムベリーの木に宝箱が生っていると話しても半信半疑だったトリルは、実際にその光景を見てあんぐりと口を開けた。

「ほならぁ……宝箱だぁ……」

アリアはミュリエットから借りてきた銀の鍵をトリルに渡す。

「あれはあなたのものよ。この鍵で開けてみて」

トリルがフライムベリーの木を軽く揺すると、金の宝箱は簡単に枝から捥《も》げ、トリルの手の中に落ちてきた。

頬を紅潮させたトリルが、恐る恐るといった手つきで宝箱の鍵穴に鍵を差し込む。カチン、と音がして、蓋《ふた》が開く。

「わっ――」

宝箱の中から、赤い髪をしたフライムベリーの精霊が現れた。その顔色はもう、蒼《あお》くはなかった。

「わたしを呼び出したのはあなた？　望みを叶《かな》えてあげる——言ってごらんなさい」

いざとなるとまごついて言葉の出ないトリルに、精霊は問う。

「あなたの望みは、故郷に帰ること？　魔法を制御すること？」

その問いに、トリルは少し考えてから答えた。

「こんままけぇっても……また、村に迷惑、かけるだけだぁ……。だから……だから、あち、魔法をちゃんと、つけぇるようになりたぁ……」

「わかったわ。あなたは魔法制御力を望むのね。では、わたしがこれからあなたを守護して、魔法の制御を助けましょう」

赤い髪の精霊はそう言って、ふわりとトリルの身体を抱きしめた。

◇——＊◆＊——◇

こうしてフライムベリーの精霊がトリルを守護することになり、アルトの仕事を少し楽にした。トリルの強過ぎる魔法発動力を完全に抑えるのは精霊ひとりの力では難しいが、これまでよりはいくらか抑制が利《き》くようになったのだ。

一方でアリアは、事の顚末《てんまつ》を知ったラルシェに呆《あき》れられた。

「どうしてそこで、トリルに譲ってしまうかなあ。君が宝箱を開けていれば、フライムベリーの精霊の守護は君のものだっただろう。精霊から相談を受け、そのために奔走《ほんそう》したのは君なんだから、君がその宝箱を開けてもよかったはずだよ」

「そんなこと——出来ません」

ラルシェの言葉にアリアはふるふると頭《かぶり》を振る。

「あれは、トリルが望んだから生った宝箱ですから。それに、私よりトリルの方が、精霊の守護を必要としていましたから」

「君だっていつも守護を必要としているだろう？」

「いいえ——だって、トリルはまだ幼いし、故郷から遠く離れて暮らしているのだし……。私の方がお姉さんで、こうしてラルシェ様だって傍《そば》にいてくださるし……私の方が恵まれているから……」

「ああ、アリア！　そんなに可愛いことを言われたら、お人好しを叱《しか》れないだろう！」

補習室の中、人目がないのをいいことに、ラルシェはがばっとアリアを抱きしめる。

「可愛いアリア……。私が傍にいるのは、そんなに安心なこと？」

耳元で甘くささやかれて、アリアはカッと赤くなる。

いつも優しく自分を守ってくれるラルシェは、とても頼り甲斐《がい》のある人であるのと同時に、こうしてたまらなく心臓をドキドキさせる困った人でもある。安心もするし、とても危険でもある。

「アリア、答えて。私が傍にいるのは嬉しい？」

じっと瞳を見つめられながら問われ、アリアは小さく頷くのが精一杯だった。

「私も嬉しいよ。アリアをこうして腕の中に抱きしめている時が一番幸せなんだ――」

アリアにとってもそれは幸せだったが、幸せも度を過ぎると、怖くなる。いつもの不安が湧き上がり、ラルシェはただの責任感で優しくしてくれているだけなのではないかと悲しくなったあと、首筋の《婚姻の印》をなぞる指の動きに背筋が震え、頭の中がドカンと爆発する。

一瞬、世界が揺れたあと、アリアは補習室の外の廊下に立っていた。いつになく短い移動距離だったが、そこにはちょうどトリルがいた。トリルも近くの部屋で補習を受けた帰りらしい。突然、赤い顔をして廊下に現れたアリアを見て心配そうに寄って来る。

「アリア様、どうしたですか、何かあったですか⁉」

そこへラルシェが補習室の扉を開けて顔を出したので、トリルがキッと眉を吊り上げる。

「ラルシェ先生、アリア様に何かしただか⁉」

「な、なんでもないのよ！　ただ補習の途中で転移魔法が暴走しちゃっただけだから！」

「そうですよ。さあ、アリア、まだ補習が途中です。部屋に戻りなさい」

しれっとした顔で言うラルシェをトリルが睨《にら》む。

「アリア様、ラルシェ先生に虐《いじ》められたら、あちに言うだぁよ」

「大丈夫よ、虐められてないから」

あの一件以来、トリルは打って変わってアリアに懐《なつ》いてしまった。精霊の守護を得たことで、精神面も少し落ち着いたようだった。それはいいのだが、アリアに厳しくする存在としてラルシェを敵視している節がある。フェルトのように恋愛関係を応援されても困るが、これはこれで厄介《やっかい》だった。本当は、自分とラルシェとのやりとりは校内で誰にも注目されないでいたいのである。

補習室へ戻ってため息を吐《つ》くアリアだったが、

「なんだかうるさい小姑《こじゅうと》が出来たような気がするな……」

ラルシェも苦笑いをして息を吐いたのだった。


その後、フライムベリーの木には無事に実が生ったが、フェルトの開花魔法によるものではなかったので、課題は不合格となった。

結局、フェルトの課題を手伝うことにはならなかったのをアリアが反省していると、

「いつもフェルトがご迷惑をおかけしていてすみません」

とひとりの下級生から声をかけられた。フェルトの教養学科での同級生で、メゾ・フォルテと名乗る少女だった。

「あの子のことだから、きっと毎日愚にも付かない妄想を垂れ流していることと思いますが、あの子の妄想は当たった例《ためし》がないので、適当に聞き流していてください」

「え？　当たったことがない……？」

アリアは驚いてメゾの顔を見つめ返した。

「はい。私は入学以来ずっとあの子の妄想話を聞かされ続けていますが、一度だってそれが当たったのを見たことありませんから。途中まではいい線行くこともありますが、最終的にはいつも大外れです」

「……」

では、今回の鍵の一件でフェルトの妄想が外れたのは、予定調和ということなのか。

——それなのに、私とラルシェ様の関係だけ、奇跡的に当てたということ？

よりによって、どうして私たちのことだけ的中させるの——！　と内心で地団駄踏んでから、改めてメゾを見る。

理知的な、聡明《そうめい》そうな顔立ちの少女である。この子が、フェルトが言っていた、いつも妄想を聞き流されるという友達なのだろう。フェルトの話を頭から信じていないようなのは救《たす》かった。これからもその姿勢でいてもらいたい。

「あの――寄宿舎であの子、何かご迷惑をおかけしていませんか？　私も初めは、突然魔法能力が目覚めて大変なんだろうなと心配してたんですが、毎日見守ってたら、花を咲かせる魔法を普通に楽しんでいるし、寄宿舎に入れたおかげで綺麗なお姉様たちの日常生活を見られる、って大喜びだし――」

メゾはため息を吐いて続ける。

「あの子のことなんて、ほんと、心配してやるだけ損ですから。涎《よだれ》を垂らしてたら注意してやるくらいでいいので。よろしくお願いします」

深々と頭を下げられ、アリアは憮然《ぶぜん》とした。

「……」

フェルトに魔法能力を目覚めさせてしまったことにずっと責任を感じていたが、本人は楽しんでいるのか？　そう言われてみれば、今回も課題をやり遂《と》げられずに山ほど補習を言いつけられたというのに、まったく堪《こた》えた様子がなかった。

一方でアリアはといえば、一連の騒動に掛かりきりになっていた上、懐いてくるフェルトやトリルの宿題まで見てやっているうちに、自分の宿題を溜めまくっている。これ以上提出が遅れたら、ラルシェから理不尽《りふじん》な可愛がりの刑に遭《あ》いそうな勢いである。

「あの子の世話なんか焼いたって、骨折り損のくたびれ儲《もう》けですから。適当にスルーしながら付き合ってやってください」

そう言って去ってゆくメゾの後ろ姿を見送っていると、

――まったく、アリアはお人好しなんだからなぁ――

というラルシェの呆れ声が、空から耳に聞こえた気がした。

Royal Magic Academy

No One Knows Eria's Marriage

# 第三話

# いじわるな王子様

ラルシェ様へ

キラキラキラ
透ける銀の髪

キラキラキラ
輝く碧《あお》い瞳

キラキラ　煌《きら》めく
キラキラ　揺らめく

キラキラキラ
あなたは私の王子様
大好きな王子様

アリア・ド・イース・モデラート

# 始まりはラブレター

「アリアからのラブレターが欲しい」

　ラルシェがそう言い出したのは、昨日の放課後のことだった。

　先日のフライムベリーの鍵事件の皺寄《しわよ》せで宿題を溜め込んだアリアに、雪だるま状態の宿題帳消しの条件として、ラブレターを求めたのである。

「って、ラルシェ様、それはおかしくないですか……!? 学校の宿題とプライベートな問題を一緒にしないでください！　大体、ついこの間も、交換日記のせいで危ない橋を渡ったばかりなのに、またそんな危険なことをして、私たちの関係を人に知られたらどうするのですか……！」

　アリアはそう抵抗したのだが、ラルシェが「ラブレターが欲しい！　アリアのラブレターが欲しい！」といい齢《とし》をして駄々をこねるので、仕方なくラブレターを書くことになってしまった。

「でも私、ラブレターなんて書いたことがないので、何を書いたらいいのか……」

「私の好きなところとか、いいところとかを書けばいいと思うよ。出来るだけ具体的だと嬉しいな。外見と内面と両方あるといいな」

「ラブレターの内容を、もらう相手が細かく指定するというのも普通じゃない気がするんですけど……」

呆《あき》れるアリアに、ラルシェはチッチッと人差し指を振りながら言う。

「普通のラブレターなんていらないよ。アリアからのラブレターが欲しいんだ。ラブラブのラブレターが欲しいんだよ」

「……」

こういう頭がご機嫌なところを見せられる度《たび》、やはり彼は自棄《やけ》になっているのではないか——という不安が湧き上がる。大きな声では言えないが、バカ（小声）になってしまったような態度に戸惑《とまど》わされるのだ。

それでも、惚《ほ》れた弱みで、おねだりをされると弱い。こうなったら、とっとと書いて渡してしまおうと思い、一晩悩んで推敲《すいこう》した結果、ラブレターは詩になった。

初めは、ラルシェの希望どおり、彼のいいところや素敵なところを羅列《られつ》しようとしたのである。しかし書けば書くほど長くなり、我ながら「これは重い」と思うに到った。あるいは、無理矢理文字量を増やしたレポートのようにも見えてしまうかもしれない。これはもっと要点を絞った方がいいと考え、文章を刈り込んで刈り込んで徹底的に削った結果、やたらと『キラキラ』が躍《おど》るポエムになったという次第である。

――もう無理。これ以上は削れない。幼稚でシンプルかもしれないけど、私にとってラルシェ様は、初めて出逢った時からずっとキラキラの王子様なんだもの……！　それだけ伝われば、もういいわ！

なんとか書き上げたラブレターを宿題ノートに挟み、アリアは放課後を待ってラルシェを捜した。いつまでも自分が持っていると、また落としたり精霊に持って行かれたりするかもしれない。こういう危険なものはさっさと渡してしまうに限るのだ。

廊下で見慣れた銀髪白衣の後ろ姿を見かけたので、少し離れて後を歩く。出来るだけ人目のないところで声をかけようとタイミングを図っていると、ラルシェは校舎を出て、裏庭の方へと歩いてゆく。

そのまま付いていって、校舎裏にある用具倉庫の傍《そば》まで来た時、ここなら人目もないかららいいだろうとアリアは前を行く背中に声をかけた。

「ラルシェ様」

振り返ったラルシェが優しく微笑む。その笑顔にほっとしつつ、小走りで駆け寄る。

「こんなところで、何かあるのですか？」

「君が付いてきているのがわかったからね。人目のないところを探していたんだ」

「あ……そうだったのですか」

どんどん人気《ひとけ》のない方へ行くので、もしかしてそうなのかもしれないとは思ったが――。

アリアは改めて周囲を見回し、誰もいないのを確認してから、胸に抱いていたノートを差し出した。

「お約束のもの、書いてきました」

小声で言うアリアに、ラルシェは軽く首を傾《かし》げる。

「約束？」

「とぼけないでください。ラルシェ様がしつこく仰《おっしゃ》るから――ちゃんと書いたんですよ。ラブレター」

「ああ――ラブレターか。そうだったね」

ノートを受け取ったラルシェは、中に挟まれた封筒を開ける。

「え……ここで読むんですか⁉」

「もちろん。今すぐ読みたいからね」

赤くなるアリアの前でキラキラポエムのラブレターを読んだラルシェは、銀縁《ぎんぶち》眼鏡の奥

の碧《あお》い瞳を細め、

「ありがとう、嬉しいよ――」

と言ってアリアを抱きしめた。

「駄目ですラルシェ様、こんなところで……！」

もし誰か通り掛かったら、とアリアはドキドキしながらラルシェの腕の中で頭《かぶり》を振った。

ラルシェはそんなアリアの頭を抱え込むようにして、耳元にくちびるを寄せる。

「――なるほど。君たちはいつも、学校でこんなことをして楽しんでいるのか」

「⁉」

突然、ラルシェがまるで別人になってしまったかのような冷たく厳しい声を耳元に聞き、アリアは驚いて顔を上げた。

振り仰いだそこにある端整な貌《かお》は確かにラルシェだったが、その表情は見たことがないものだった。学校で建前上に見せる厳しい教師の顔でもない。今、アリアに向けられているのは、厳しさというより軽蔑《けいべつ》を孕《はら》んだようなよそよそしい目だった。

――違う……？　これは、ラルシェ様じゃない……？

アリアは自分を抱きしめている腕を慌《あわ》てて振り解き、数歩飛び離れて身構えた。

「だ、誰……⁉　あなたは誰ですか⁉」

ラルシェにそっくりなその人は答えた。

「私の名は、ラヴル・ラ・ヴィード・アルディート」

「ラヴル――……」

それは、ラルシェの兄、アルディート王国第二王子の名だった。

「ラルシェ様の、お兄様……!?」

アリアは瞳を見開いた。

「君とは、初めまして――だね？」

そう言われ、アリアは慌てて王族に対する礼を執《と》る。

王子のラルシェと結婚した身とはいえ、アリアにとって王族は近しい存在ではない。ラルシェはいつも兄アルトの級友として別荘へ遊びに来ており、彼以外の王族と交流する機会はなかった。アクシデントでラルシェに《婚姻の印》を刻まれた時も、国王夫妻と、ちょうどその時王宮にいた王太子に挨拶《あいさつ》をしただけで、それ以外の王族とは面識がないのだ。

アリアが学士院を卒業するまで、ラルシェとの結婚を公《おおやけ》にはしない。それまではアリアを王子の妃、王族とは認めない――王がそう決定を下したため、アリアは王宮への出入りすら許されていない身である。

ラルシェの兄弟王子たちについて、アリアが知っていることといえば、王太子はラルシェより六歳年長、第二王子はラルシェの一歳上。第四王子は二歳下、第五王子は三歳下。

そんなラルシェと比べての年齢差くらいのものだった。

——まさか、第二王子ラヴル様がこんなにラルシェ様と似ていらっしゃったなんて！

王宮で一度挨拶をした王太子も、ラルシェと似た面差《おもざ》しではあったが、人違いをするほどそっくりではなかった。それが、齢がわずか一歳違いというせいもあるのか、ラヴルは顔も声も本当にラルシェと瓜《うり》ふたつだった。同じ白衣と銀縁眼鏡がまた、一層ふたりを似せて見せているのかもしれないが——。

——でも、どうしてラヴル様が白衣を着て学士院《ここ》にいるの？

ようやく呆然《ぼうぜん》状態から脱して瞳に疑問符を浮かべたアリアに、ラヴルが言う。

「私は明日から、学士院の女子部で特別講義をすることになっている。今日はその下見に来たんだ」

「特別、講義……」

それは学士院で毎年恒例の行事だった。優秀な魔法能力者揃《ぞろ》いの王族が、教養学科と魔法学科で二週間ほど魔法に関する特別講義を行うのである。だがそれは通常、年配の王族が受け持つ公務で、これほど若い王子が、しかも女子部へ来るというのは聞いたことがなかった。

そんなアリアの疑問を読み取ったのか、ひとつため息を吐《つ》いてからラヴルは続ける。

「……私は弟を心配していてね。まだ学生の身分の娘と、まるで事故みたいな経緯《いきさつ》で結婚を決めてしまって」

その言葉に、アリアはドキッと身を竦《すく》ませた。

「しかもその花嫁が、別人が少しラルシェの振りをしただけで簡単に騙《だま》されて、秘密のラブレターを渡すような迂闊者《うかつもの》ときた。これでは先が思いやられる」

「――……」

アリアは返す言葉もなく項垂《うなだ》れた。

ここで、弟の振りをして人を騙す行為は正しいのですか、と反論することなど思いつかないのがアリアである。それよりも、日頃気にしていることをずばりと言われたショックの方が大きかった。

自分がラルシェの妻として分不相応なのはよくわかっているのだ。そして、結婚の経緯が事故のようなものだったのも事実だ。

「申し訳ありません……」

謝ることしか出来ないアリアに、ラヴルは重ねてため息を吐く。

「経緯がどうであれ、弟は君に《婚姻の印》を刻んだ。それが消せないものである以上、我々は君を王家の一員として迎えるしかないが、そうは言ってもこのままではいささか認めにくい――というのはわかるね？」

アリアはこくりと頷《うなず》く。

「それで、ラルシェを心配する兄弟の代表として、私が今回特別講師を引き受けてここへ来たわけだ。そこで提案なんだが――」

ラヴルが人差し指を一本立てる。

「私がここで特別講義をする二週間、君に世話係を頼みたい」

「えっ……」

「王族の講師には、世話係の生徒がひとり付くのは知っているだろう？　この機会に、傍で君を見て、君がどういう人間なのかを知りたい。少なくとも今日の君の行動だけを見れば、迂闊な少女としか思えないからね――」

「……」

アリアはごくりと唾《つば》を呑んだ。

それはつまり、失敗を挽回《ばんかい》する追試の機会をもらった、ということなのだろうか――？

ラヴルの傍で、彼の世話をきちんとしてのけられれば、ラルシェの妻として彼の兄弟たちから認めてもらえるということ？　そうなったら、自分も少しは自信が持てるかもしれない？

——だったら、頑張らないと！

アリアは力を籠《こ》めて頷いた。

「精一杯、お世話をさせていただきます……！」

「ではこれから二週間、私の命令を聞くね？」

そう言ったラヴルの瞳が一瞬、意地悪く光ったように見えたが、アリアはそれを気のせいだと受け流した。ラルシェを心配してわざわざ講師を引き受けたという兄王子の優しさを、疑えるわけがないではないか——。

アリアが重ねて頷くと、ラヴルは白衣の懐《ふところ》から綺麗な細工が施《ほどこ》されたペンを取り出した。それを使い、アリアが持ってきたノートに一筆書くように言う。

『これから二週間、私はラヴル様の命《めい》に従います』

促されるまま、白紙のページにそう書いた。

「よろしい」

ノートからそのページを破り取ったラヴルは、片手でアリアの腕を引く。急に引っ張られてよろけたアリアは、簡単にラヴルの腕の中へ倒れ込んだ。そうしてアリアの左肩を押さえたラヴルは、ブラウスの襟《えり》に指を掛ける。

「え……何を――」

抵抗するアリアをラヴルは難なく押さえ込み、襟を広げ、首筋に刻まれた《婚姻の印》を暴く。そこに、破ったノートを押しつける。

「きゃぁっ？」

ぺたりと張りついた紙から不思議な熱を感じ、アリアは小さく悲鳴を上げた。

「な、何をなさったのですか――⁉」

「《婚姻の印》の上に、君の誓文《せいもん》を転写したんだよ」

「え……⁉」

アリアは必死に首を捻《ひね》ったが、自分の首筋を自分で見ることは出来なかった。だがラヴルの言葉が本当だと表すように、ノートのページは真っ白で、アリアが書いた文字は消えていた。

「ラルシェ様が保護魔法を使って刻んだ印の上に、重ねて文字を――？　そんなことが、出来るのですか」

驚くアリアに、ラヴルは事も無げに言う。

「同じ王族だからね。しかも私の方が年長だから出来ることだよ」

「――……」

ラルシェの魔法は無敵だと、勝手に思い込んでいた。けれど、そうではなかったのだろうか。アリアは首筋を押さえて呆然とした。

「今、君が使ったこのペンにはね、常墨《とこすみ》の精霊が宿っているんだ。魔法のインクで書いた文字だから、擦《こす》っても洗っても消えないよ。これを消すことが出来るのは、常墨の精霊を操れる私だけ――」

「そんな――」

「期間中、きちんと私の言いつけに従ったら、消してあげるよ」

ラヴルは銀縁眼鏡の奥に嗜虐《しぎゃく》的な光を浮かべながら言う。

「もちろん、このことはラルシェには内緒だよ。君が夫と他の男を間違えてラブレターを渡したことや、《婚姻の印》が刻まれた肌に触れられたことを、ラルシェが知ったらどう思うだろうね？　兄が言うのも何だけど、あいつは心が狭いからね――」

アリアは震えながら頷くしかなかった。


それから慌てて寄宿舎へ帰ったアリアは、すぐに部屋の鏡を覗《のぞ》いた。

首筋に刻まれた王家の紋章。その上に、確かにアリアの字が転写されていた。こんなものをラルシェに見られるわけにはいかない。しかも、間違えて渡したラブレターもラヴルに取り上げられたままである。

明日からは、なんとかラヴルの意に沿うよう立ち回らなければ。そうして印の上の誓文を消してもらい、ラブレターを返してもらわなければ――！

特別講師ラヴルの登場に、校内は沸き立っていた。

生徒たちにとって、ラルシェとラヴルは見分けがつかないくらいそっくりだ。同じように眼鏡を掛けて白衣を着られると、遠目や後ろ姿ではどちらかわからない。実際、アリアもそれで間違えたのである。

けれど、近くで表情を見ればわかる。にこやかな方がラヴルだ。

見た目は文句なしに美青年な王子様ラルシェが、もっと優しい人だったら――。それは生徒たちの皆が思っていたことだった。そこへ、ラルシェと同じ姿を持ちながら、にこやかで優しい先生がやって来た。夢が現実になったのだ。お祭り騒ぎになるのも当然といったところだろう。

一方で、校内ではもうひとつのお祭り騒ぎがあった。数日後、《女子部の王子様》と呼ばれるリュシルが誕生日を迎えるのだ。最高学年である九年生のリュシルを下級生たちが祝えるのは今年で最後とあって、親衛隊が盛大なパーティの準備を進めていた。

ところが、風紀顧問《こもん》のラルシェは校内での個人的なパーティ開催を認めない。準備の現場を見つけては中止を命じるラルシェと抵抗するリュシル親衛隊とで、毎日のように衝突が繰り返されていたのだが、それを見かけたラヴルがにこやかに言ってのけた。

「いいじゃないか、ラルシェ。学生時代のいい思い出になるんだから、誕生パーティくらい許可してあげようよ。当日は私も同席して、羽目を外し過ぎないように見ているから。それでいいだろう？」

結局その場は、兄であり特別講師であるラヴルの顔を立てたラルシェが引いたので、一層ラヴルの人気が上がることとなった。

「さっき廊下を走っているのを見られちゃったんだけど、『元気でいいね』って笑って許してくださったのよ。ラルシェ先生とは大違い！」

「いつも笑顔で、春の陽だまりみたいな方よね。あの貌《かお》、ちゃんと笑えるようにも作られてるんだってラヴル先生を見て初めて知ったわ」

「あーあ。ラルシェ先生とラヴル先生、トレード出来ないかしら。二週間限定なんてひどいわ。ラヴル先生の方が残ってくれればいいのに――」

大人気なラヴルを見て、アリアはひどく複雑な気分だった。

──ラルシェ様だって、本当は優しい方なのに……！　私との関係を隠すために、演技で生徒に厳しくしているだけなのに！

だが、ラルシェとの関係を明かせず、ラヴルの世話係を務めている身で、皆の会話に迂《う》闊《かつ》な口は挟めない。内心でくちびるを噛みながら沈黙を守るしかなかった。

そして、ラヴルの人気にもやもやを抱いているのはアリアだけではなかった。ラヴルには助けられているはずのリュシル親衛隊も、心中は複雑なようだった。

今まで、女子部で一番人気の王子様はリュシルだったのだ。ラルシェが登場した時はヒヤッとしたが、生徒人気を無視した厳しい性格と冷たい態度で、自ら対抗馬から外れてくれていたのに。二週間の特別講師とはいえ、ちょうどリュシルの誕生日が来るこの時期に、リュシル以外に大人気の王子様が現れるのは面白くない、ということらしい。

リュシル親衛隊員たちは、世話係を務めるアリアにラヴルの欠点を探りに来たりする。人の悪口を言えないアリアは何も答えられず、そんなことにライバル心を燃やさなくてもいいのに……と苦笑いするしかない。

はたまたその一方で、今日も元気に妄想を膨《ふく》らませている者もいる。

初めは新聞部員として王子様の取材をしようとしていたフェルトだが、彼女のキャラクターをよく知っている部長が王子様への不調法を危惧《きぐ》し、取材の担当を他の部員に任せてしまった。仕方がないので、遠巻きにひたすら想像の翼を広げるフェルトなのである。

「ねえねえお姉様。やっぱり怪《あや》しいですよ。例年、年配の王族が来ることが決まってるような眠たい特別講義を、今年に限って若い王子様が務めるなんて。絶対、何か事情があるんですよ」

フェルトはそう言ってアリアににじり寄って来る。

「お姉様は何か聞いていません？　世話係に選ばれたくらいなんですから、お姉様はラヴル先生に気に入られてるんですよ。何かこう、ここに来た理由をぽろっとこぼしたりとかしてません？」

「……何も聞いていないわ。それに、気に入られているとかそういうことではなくて、私が世話係に選ばれたのは、歌唱魔法能力に興味を持たれたからだということだし」

対外的にはそういうことになっている。実際、歌唱魔法が珍しい能力なのは確かで（現在、学士院の生徒でこの能力を持つのはアリアのみである）、生徒たちもその理由には一応納得しているようだった。

「そんな無理に深読みしなくても、王族の公務だから来た、それでいいじゃないの」

それで話を終わりにしたいアリアだが、フェルトは粘る。

「えぇ～。意味もなく若い王子様が女の子だらけの場所になんて来ませんよ。しかも期間限定で。こういう場合、一番ポピュラーな理由は——」

フェルトはもったいぶって言葉を切ってから、人差し指を立てて続ける。

「ズバリ！　王子様の花嫁探しですよ！」

「……」

自信満々な顔のフェルトには申し訳ないが、アリアはラヴル本人から、弟の花嫁を観察するために来た、と打ち明けられている。フェルトの妄想は外れである。しかしそれを言うわけにはいかないので沈黙していると、フェルトはひとりで勝手に盛り上がってゆく。

「王子様の花嫁候補は誰かしら？　何の目星もなく来ているとは思えないから、すでに何人かは候補が挙がってるはずですよ。家柄や容姿的に考えると——プレスト家のミュリエット様とか怪しいですよね、大貴族の令嬢だし、美人だし！」

そう言ったかと思えば、

「あ、でも、もしラヴル先生が毎日アリアお姉様を傍《そば》で見ていてラブな感情が芽生えちゃったらどうしよう？　ふたりの王子様に奪い合われて、ロイヤルな三角関係⁉　王家を揺るがす大ラブストーリーが今ここに開幕……⁉」

余計な心配妄想を始め、一頻《ひとしき》り懊悩《おうのう》したあと、がばっと顔を上げてアリアの手を取る。

「でもでも、顔は一緒だけど、お姉様にはラヴル先生よりラルシェ先生の方がお似合いだと思います！　ラヴル先生みたいに誰にでも優しいんじゃなくて、お姉様とふたりきりになった時だけ優しい、という設定の方が萌《も》えます〜！」

フェルトの中では、ラルシェがアリアとふたりきりの時は甘々になるというのはほぼ『公式設定』になっているようだった。事実そのとおりなのだが、頷《うなず》くわけにはいかない。

アリアはコホンと咳払《せきばら》いし、持っていたノートをフェルトに差し出した。

「――そんなことより、これ、トリルの課題の要点をまとめておいたんだけど、午後の授業が始まるまでに渡しておいてくれる？　私、これからラヴル先生のところへ御用聞きに行かなきゃならなくて」

ちなみに今は昼休みである。午後の用事は今のうちに聞いておかなければ、対応出来ないのだ。

「お姉様、またご自分の宿題を後回しにしてトリルの宿題を手伝ってあげたんですか？」

ノートを受け取ったフェルトが、自分の宿題もよくアリアに手伝ってもらっているくせに、それは棚に上げて文句顔をする。

「なんだかお姉様、ラヴル先生の講義期間が終わったあと、ラルシェ先生から今まで以上にたっぷり宿題出されそうですよね〜」

「それを言わないで……」

アリアは苦笑いする。ラヴルの世話係を口実に、ラルシェから逃げ回っているこの数日である。うまくラヴルの追試を終えて問題を解決したとしても、二週間の態度の悪さをラルシェに責められ、拗《す》ねられるだろうことが目に見えるので気が重い。

「あ、でも、そう見せかけて、実はふたりきりの時は甘々に勉強を教えてくれてたり？　たっぷりの宿題は、たっぷり可愛がってあげるよ、という内緒のラブサイン⁉」

「……」

結局また話が戻っている。これ以上付き合っていられないので、アリアは強引に話を断ち切ってフェルトと別れた。そうして職員室へ行く途中の廊下で、当のラヴルと鉢合《はちあ》わせた。

「ああ、ちょうどいいところに」

ラヴルは眼鏡の奥の瞳をにこりと微笑ませて言った。

「午後のお茶の時間だけど、今日はディンヴァーの茶器を楽しみたい気分だな」

「え——」

ディンヴァー？　学校の備品としては置いていない高級品である。だが、女性にも好まれるブランドであり、寄宿生の誰かが持っていそうな気もする。何かのお茶会の折に見かけたような——。

アリアは必死に記憶を手繰《たぐ》り、ディンヴァーの茶器を持っていた生徒を思い出そうとする。

「用意出来るかな？　もちろん、茶葉は茶器に合わせて――何が合うかはわかるね？」

笑顔で問うラヴルの瞳は、どこか意地悪げにも見える。

実際、ラヴルとラルシェは、顔はそっくりでもキャラクターは正反対だった。ラルシェは人前では皆に厳しいが、アリアとふたりきりになると優しくなる。逆にラヴルは、人前では皆に優しいが、アリアとふたりきりになると意地悪なくらい厳しくなる。

アリアの前でのラヴルは気難しく、身の回りで使う物や休憩で飲むお茶の銘柄《めいがら》などに細かい指定がある。時にはこうやって、アリアの知識とセンスを試すように、明確な答えを言わずに希望を出してくる。すれ違いざま、クイズのように政治や古典の問題を出され、即座に答えられないとあからさまなため息を吐《つ》かれることもあった。

意地悪だと思ってしまう一方で、アリアはこれを、得難い教育だとも思っていた。ラルシェはアリアに甘く、何をしても受け入れてくれるので、それに甘えてしまって成長出来ないもどかしさを感じていた。ラヴルくらい厳しく躾《しつ》けてもらえた方が、結果的にラルシェに相応《ふさわ》しい人間になれる気がした。

――意地悪に見えるのは、私の程度が低いからだわ。ラヴル様は私を王族に相応しい人間にしようとしてくださっているのよ。だって、わざわざラルシェ様を心配してこんな公務を引き受けるような、優しい方なんだから――。

「わかりました。ご用意いたします」

アリアがそう答えた時、廊下の向こうからリュシルが走って来るのが見えた。ラルシェが居合わせれば一喝《いっかつ》されて反省文の場面だが、幸い、今ここにいるのは優しいラヴル先生だった。

ちょうど階段の陰で会話をしていたアリアとラヴルの後ろへ、リュシルが走り込んできて隠れる。

「ちょっと匿《かくま》ってくれないかな」

小声で言うリュシルに、アリアも小声で訊ねる。

「どうしたんですか、リュシル様」

「追われてるんだ。誕生会の衣装合わせがどうのこうの言って、取っ換え引っ換えもう五回も付き合わされて、いい加減勘弁して欲しいよ。昼休みくらい昼寝をさせて欲しい」

「ああ……」

アリアは頷いて苦笑した。「リュシル様最後の誕生パーティには、最高に素敵な王子様衣装を着せたい！」と親衛隊が張り切っているのは知っている。リュシルはサービス精神旺盛《おうせい》な学園の王子様だが、しかし確かに、衣装合わせは五回もすれば十分だろう。

話を聞いたラヴルも、笑いながら言う。

「《王子様》は大変だね。いいよ、匿ってあげよう。そこの教室が今は空だから、隠れているといい」

リュシルが近くの空き教室へ入ったあと、追いかけてきた親衛隊にラヴルは「リュシルなら向こうへ行ったよ」と嘘を教えた。その後、教室を覗《のぞ》くと、リュシルはすでにそこにはいなかった。窓が開け放たれているところからして、外へ逃げたようだ。

「本当に《王子様》は大変だ……」

妙にしみじみと言って肩を竦《すく》めるラヴルと別れ、アリアは急いで寄宿生たちにディンヴァーの茶器を持っていないか聞いて回った。なんとか貸してもらえる算段を付けてから午後の授業へ向かう途中、

「アリア・ド・イース・モデラート」

厳しい声で名を呼ばれ、反射的に立ち止まる。

「廊下を走らないように。反省文十五枚を再来週明けに提出」

出合い頭《がしら》にこんなことを言うのはもちろん、厳しい風紀顧問のラルシェ先生である。提出期間に猶予《ゆうよ》があるのは、ラヴルの世話係を務めている間は、そちらを優先とされている

からだ。おかげで特別講義期間中は補習室へ無理矢理呼びつけられることもなく、ラルシェに首筋の刻印を見られる危険からは免《まぬか》れているが、こうして廊下で彼の顔を見るだけでも、正直者のアリアはビクビクしてしまう。

無意識に左の首筋を押さえそうになって、慌《あわ》てて手を止め、胸を押さえてごまかす。

――駄目、変に刻印を気にしているような素振りを見せたら、怪しまれるわ！

「廊下を走ってすみませんでした」

アリアはぺこりと頭を下げてその場を乗り切ろうとしたが、ラルシェに腕を引かれて階段の陰に連れ込まれた。

「――アリア。約束のラブレターはまだもらえないのかな」

誰が通り掛かるかもわからない場所で、耳元に顔を近づけられて問われ、アリアは心臓を縮み上がらせた。

「す……すみません、あの、今はラヴル様のお世話で忙しくて――その、えっと、このお仕事が終わったら、落ち着いて書きますから……っ」

手を突っ張らせて身体を引き、しどろもどろに答えるアリアに、ラルシェは拗《す》ねたような瞳を向ける。

「この数日、君はずっとそれだ。忙しい忙しいと言われ続けて、おかげで私は君とまともに話も出来ない。フライムベリー問題の次の邪魔者は、兄上かい？　あの人の世話がそんなに大変なら、私からこの役目の辞退を申し出ようか？」

「そんな、とんでもない……！　大変なんてことはなくて、えっと、忙しいのは確かなんですが、別に大変ではなくて……！」

ラルシェの横槍《よこやり》で世話係を辞めさせられたら、余計にラヴルからの心証が悪くなってしまう！　アリアは必死に頭《かぶり》を振り、このお役目が厭《いや》でないのだと訴えた。

「そんなに必死な顔で、兄上の世話をしたいと言われると、私としてはなんだか面白くないんだけれど？」

「えっ」

ラルシェは瞳に鋭い光を浮かべてアリアを見る。

「どうも君は様子がおかしいね。私に何か隠している？　兄上に何か言われた？」

「べ……別に何も……っ？」

「大体、どうして兄上が君を世話係に選んだのかも、私にはよくわからないんだ。歌唱魔法能力者が珍しいからだって？　それだけのはずがない。あの人は、私と君の関係を知っているんだからね。私のことで、何か言われたりしたんじゃないのかい？」

「で、ですから、別にそういうことは何も……っ」

隠し事が大の苦手なアリアである。だから、この期間中はラルシェと近づきたくなかったのだ。ラヴルの世話係を務めることになった報告も、直接ラルシェには出来なかった。学校側からそれを聞かされたラルシェが、アリアの口から経緯《いきさつ》を聞きたがることはわかり切っており、けれど本当のことを答えるわけにはいかない。そうなれば、ひたすら逃げるしかないではないか。

目をつぶって首を振り続けるアリアに、ラルシェは小さく息を吐いて問いを変えた。

「……そんなに毎日忙しくて、精霊祭用の新曲は作れているの？」

「だ、大丈夫です、ちゃんと作ってますから！」

話題が変わったことにほっとして、アリアは目を開けた。だがそこをすかさず、ラルシェの碧《あお》い瞳に視線を捕らえられ、逃げられなくなって泣きたくなった。

——ああもう、誰か、救《たす》けて——！

心の中でそう叫んだ時、

「あ、ラルシェ先生！　そなぁ物陰で、アリア様を虐《いじ》めてるだか⁉」

子供の甲高《かんだか》い声が上がり、アリアは碧い瞳の呪縛から解き放たれた。

「トリル……」

よくこんな上級生の教室近くを通り掛かってくれたわ——とアリアは感謝の気持ちでト

リルを見た。身体はさりげなくラルシェから距離を取っている。

「大丈夫よ、虐められてたわけじゃないから。ちょっと宿題の話をしていただけよ」

「本当だか……？」

トリルは疑わしげにアリアとラルシェを見比べる。

「本当よ、先生が私を虐める理由がないじゃない。それより、こんなところでどうしたの？」

「フェルトさんから、宿題ノート、もらったぁ。お礼、言おうと思って来ただぁ」

「わざわざいいのに、そんなことで。さあ、午後の授業に遅れちゃうから、教室へ戻りましょう」

トリルを下級生の教室へ戻らせ、アリアもそのどさくさでラルシェに頭を下げ、その場を逃げ出した。ただし、廊下を走ればまた注意されて振り出しに戻るので、飽くまで走らず、姿勢も崩さず、速足で歩きながらそっと息を吐く。

——ああ、別にラルシェ様が嫌いで逃げたいわけじゃないのに……！

だが今のアリアには、彼に知られてはならない秘密がある。なんとか隠密裏に処理せねばならない秘密である。

ラヴルに取り上げられたラブレターを取り返し、《婚姻の印》の上に転写された誓文《せいもん》を消してもらう。そのためには、ラヴルに認められなければならないのだ。

——でも、ラヴル様にはすでに私のトホホな成績表も見られているみたいだし、昨日は歌唱魔法を見せろと言われて、歌って寄ってきた精霊を捕まえられないところもばっちり知られてしまったし……。

評価が加点されるどころか、減点される一方なのではないかという気がして切ないアリアだった。

◇——＊◆＊——◇

学士院の授業が終わったあとの魔法研究院。

「アリアが私を避けるんだ……」

今にも死にそうな顔で、ラルシェは研究室の机に突っ伏した。

「アリアが足りなくて干からびそうだ……。ああ、アリアに触りたい、アリアを抱きしめたい……」

「殿下、まさかそんな戯言《たわごと》を人前で仰《おっしゃ》っているわけではないでしょうね」

ラルシェの言葉に反応したのは、学士院時代の級友にして現在は同僚のアルト・ド・ラース・モデラートである。学生時代から、ラルシェを「殿下」と呼ぶ癖《くせ》が治らない。

「私のアリア病を知っているのは、人間ではおまえくらいだから安心しろ」

「妙な病《やまい》に罹《かか》らないでください……」

憮然《ぶぜん》とするアルトに、ラルシェは真顔で答える。

「すべてはおまえの妹が可愛過ぎるせいだ。なんて罪作りな可愛い娘《こ》なんだ、アリアは」

「買い被りですよ……」

「買い被りなものか、笑顔や澄ましている顔が可愛いだけなら普通の美少女だが、アリアは泣いても怒っても焦《あせ》っても転んでも寝ぼけてもくしゃみをしても何もかもが可愛い奇跡の美少女だぞ。その可愛いアリアに避けられているんだぞ。この世は地獄か……!?」

ラルシェは頭を抱えて嘆《なげ》く。

まさか、王族の特別講義に兄がやって来るとは思わなかったのだ。しかもその世話係にアリアが選ばれるとは。

その話を聞いてすぐ、ラヴルを摑まえ、どういうつもりかと訊《たず》ねた。ラヴルはさらりと答えたものだ。

「おまえの花嫁がどういう娘なのか、知りたかったのでな」

「アリアに私を避けるよう命じたのは兄上ですか」

「避けられているのか？　まあ、正しい行動だな。神聖な学び舎《や》で不謹慎な行為は慎《つつし》むべきだからな」

「不謹慎なことなどしていませんよ」

「どうだかな――」

ラヴルは思わせぶりな笑みを見せ、ラルシェの前を立ち去った。その兄の思惑《おもわく》ありげな表情が、気になってならない。

ラヴルの講義が始まってからというもの、アリアの学園生活はラヴルの世話が最優先とされ、ラルシェが補習を言いつけることは出来なくなってしまった。おかげで、ふたりきりで会う時間が作れない。二週間の我慢ではあるが、同じ学校にいながらこれは、たった二週間といえど辛《つら》い。

――それに、アリアの様子が明らかにおかしい。

あの子は嘘を吐《つ》けない。絶対、兄に何か言われたかされたかしたのだ。そうでなければ、ああまで焦った様子で自分から逃げ回るはずがない。

なんとか摑まえても、「なんでもない」「大丈夫」としか言わない。どう見ても表情が「大丈夫ではない」と語っているのに、だ。

しかも、《婚姻の印》を頼りにアリアの気配を探ろうとしても、不思議なノイズを感じる。今までクリアに感じられていたものが、ざらざらした感触になったような――こんなことは初めてだった。アリアの肌に触れて印を確かめたいのに、彼女にろくろく近寄れず、それも出来ない。

ラルシェは突っ伏していた机から顔を上げ、大きくため息を吐いた。

「あの兄が私を嫌っているのは知っている。私が気に入らないなら、直接私に喧嘩を吹っ掛ければいい。アリアを妙なことに巻き込まれるのは御免だ――」

十中八九、ラヴルは自分への何らかの意趣返しでアリアを世話係にしたのだ。だがお人好しなアリアのこと、ラヴルにいびられても、「これは私を教育するためだわ」とかなんとか良い方へ受け取って、健気《けなげ》に頑張っているに違いない。その様子が目に浮かぶ。

それがアリアの可愛いところで、扱いやすいところでもあるが、そのツボを他の男に操られるのは気に入らない。

「くそ――あの陰険兄貴め」

ラルシェが忌々《いまいま》しく吐き出した言葉に、アルトが言う。

「でもラヴル殿下は生徒たちに大人気ですよ」

「あの人は外面《そとづら》がいいからな」

「殿下は少し生徒たちに厳し過ぎるんですよ」

「ふん。女生徒を厳しく躾《しつ》けるのは楽しいじゃないか。調教するなら、断然男より女の子だろう」

「そういう不適切発言は控えてください」

真面目《まじめ》に注意するアルトにラルシェは肩を竦める。

「大丈夫、アリアには厳しくしないから」

「そういう問題じゃありません」

「おまえな、厳しくしても虐めてもいないのにアリアに逃げられる私の切なさを考えてもみろ。辛くて悲しくて遣《や》り切れないぞ。あと一度、目の前でアリアに拒絶されたら、私は泣くかもしれないぞ――」


アリアに避けられる辛さをひたすらぼやき続けるラルシェの前を辞し、廊下へ出てからアルトこそ遣り切れないため息を吐いた。

まさかあの殿下が、ここまで自分の妹に嵌《は》まるとは思わなかったのだ――。

アリアとラルシェが秘密を持つ身の上になってしまったのは、自分と父が詐欺《さぎ》に引っ掛かったのが原因である。責任は感じているが、まさかラルシェがこんな方法でアリアを守ろうとするとは思わなかったのだ。アリアの肌にラルシェが刻んだ《婚姻の印》を見た時は、両親共々驚いた。

——あの時の殿下は、どこか度を失っていた。それまで、あんな殿下を見たことはなかった——。

アルトとラルシェは、学士院入学以来の同級生である。だが初めは何の交流もないクラスメイトだった。

とびきり綺麗な貌をした、とびきり強い保護魔法能力を持った王子様。どんな攻撃魔法も無力化し、稀代《きたい》の魔法干渉力《かんしょうりょく》でどんな精霊でも束縛してしまうという噂は入学前から聞いていた。

けれどこの王子様は、魔法能力の高い優等生である一方、初等学年の時分から寄宿舎脱走の常習犯でもあり、真面目なのか不真面目なのかわからない人物だった。性格はといえば、傍若無人《ぼうじゃくぶじん》で傲慢《ごうまん》。話しかけても大抵は無視されるか馬鹿にされるかなので、誰もが彼を遠巻きにしていた。そうされることをラルシェ自身、何とも思っていないようだった。

そうでなくても悪戯《いたずら》盛りの年頃の少年たちが、魔法能力など持っていたらどうなるか。魔法学科男子部は、控えめに言っても毎日が戦争である。いくら校則で禁止され、罰を受けることがわかっていても、魔法の力比べをしたくてたまらないのだ。校内の至るところで文字通りの火花が散り、雷鳴が轟《とどろ》いていた。

そんな中、平和主義者のアルトは同じのんびりタイプの友人たちとのんびりした学園生活を送っていたが、それとは別の意味でラルシェも平和の中にいた。力を誇示したくてたまらない魔法少年たちも、気が荒いことで有名な黒鷲《くろわし》の精霊をいとも簡単に束縛したと評判のラルシェに喧嘩を仕掛けることはなかったのだ。

初等学年三年生も終わりに近づいたある日、アルトが教室で友人たちと談笑していた時。たまたま傍の席にいたラルシェが声をかけてきた。面と向かって彼と口をきいたのは、おそらくこの時が初めてだった。

ちょうど、妹の話をしていたのだ。七歳になるうちの妹は、歌唱魔法で精霊を呼び寄せるのは得意だが、それを捕まえることが出来ないものだから守護を得られないんだ——といったぼやきをこぼしていた。それがたまたまラルシェの耳に入り、精霊を呼び寄せる歌唱魔法能力に興味を持ったようだった。

ラルシェが自分から誰かに声をかけるのは非常に珍しいことだった。孤高の王子様のことをもっと知ってみたくて、断られるのは覚悟の上で誘ってみた。

妹の歌唱魔法に興味がおありでしたら、我が家の夏の別荘へおいでになりませんか——。

すると、意外にもラルシェはあっさりその誘いを受けた。夏休みに入り、素直にモデラート家の別荘へ遊びに来た。

意外なことは続いた。別荘でアリアと会ったラルシェは、すっかりアリアを気に入り、可愛がるようになったのだ。

ラルシェの笑顔というものを初めて見た。笑顔だけではない。ラルシェは驚くほど優しくやわらかな表情でアリアに接し、アリアを甘やかす。

一体、うちの妹は氷の王子様にどんな魔法をかけたのか――⁉

唖然としながら新学期を迎えると、学校でのラルシェは今までどおり、人を人とも思わぬ傲慢な王子様だった。

ラルシェはただアリアにだけ甘いのだ。それ以外は何も変わっていない。

いや、アルトに対しては、アリアの兄だということで少し気安い態度を取るようになった。アリアが如何《いか》に可愛いかを熱弁してくれるようになり、兄としては反応に困って苦笑いするしかなかった。

どうしたわけか、アリアはラルシェの頭のネジを何本か、捻《ひね》って回して外してしまったようだった。一度誰かにのめり込むと、こういう風になる人だとは知らなかった。

もっとも、誰も相手にせず、いつもつまらなさそうにしていた頃のラルシェよりは、人間らしくなったとは思う。愛せるものがあるのはいいことだ。だがその対象が自分の妹だというのが釈然としないアルトなのである。

——お人好しなだけで、これといった取り柄もない妹なのになぁ……。

そのこれといって長所もない妹を、ラルシェの兄ラヴルも何やら気に懸《か》けているらしいのだから、ますますわからない。

一学年違いの兄ラヴルとラルシェとが、そっくりな容姿を持ちながら、あまり折り合いの良い兄弟でないことはアルトも承知している。不仲の経緯《いきさつ》までは知る由《よし》もないが、傍《はた》から見ていて仲が良くないことは容易に察しが付いた。どちらかというと、ラヴルの方が一方的にラルシェを敵視しているようだった。

だから今回、ラヴルがアリアを世話係に指名したと聞いた時、ラルシェへの敵意をアリアにも向けるつもりかと危惧《きぐ》した。兄として、お手やわらかにお願いしますと頭を下げておいたのだが、ラヴルは意味ありげな微笑を浮かべるだけだった。

アリアという弱点が明確なラルシェと違い、ラヴルの扱いがアルトにはわからない。面倒なことにならぬよう、祈ることしか出来なかった。

「——だからな、私はアリアがいなければ生きていけな——……ん？　アルト？　どこへ行った？」

素面《しらふ》でくだを巻いていたラルシェがふと気がつくと、アルトの姿が消えていた。

「逃げたな、あいつ――」

　こんなことをぼやける人間は、アリアの兄であるアルトしかいないというのに。ラルシェが不満げに鼻を鳴らした時、何もない空間から黒衣の青年が現れた。

「そりゃーおまえ、おまえのその手のぼやきを聞かされるのは、この世で最も無駄な時間だからな。逃げたくもなるさ」

　空中で胡坐《あぐら》をかく黒鷲の精霊に、ラルシェは横目を投げる。

「ではおまえが聞け。私のアリアへの愛を、その想いの丈《たけ》を心して聞け」

「俺はもう耳にタコが出来てる！　会話の相手もいないのに、情けない独り言をこぼしてる姿を人に見られたらどーすんだと注意しに出てきただけだ。気をつけろよな！」

　それだけ言って、黒鷲の精霊は姿を消した。本来、黒鷲の精霊は戦闘能力の高い獰猛《どうもう》な精霊だが、最近はただの口うるさい傅役《もりやく》のようになってしまった。

　情けないのはどっちもどっちだ――小さく肩を竦め、ラルシェは研究室を出た。そして、外の空気を吸おうと研究院の建物を出たところで、ラヴルを見かけた。

　ラルシェは咄嗟《とっさ》に兄へ声をかけた。

「アリアがどういう子か、わかりましたか」

　足を止めたラヴルが振り返って言う。

「……いい子だな。いい子ちゃん過ぎて、いささか鼻に付くほどだ」

「いい子で何が悪いのです？　悪い子よりはいい子の方がいいに決まっているでしょう。アリアはいい子ですよ。だから可愛い」

臆面もない台詞《せりふ》を吐くラルシェに、ラヴルは眉を顰《ひそ》める。

「おまえは、彼女の歌唱魔法を利用しているのではないのか」

「何のことですか。兄上こそ、アリアの歌唱魔法に興味があって世話係に選んだのでしょう？」

「私はおまえとは違う！」

ラヴルは険しい表情で言い捨て、ラルシェの前を立ち去った。

そんな兄の後ろ姿を見送りながら、

「根深いな――……」

ため息と共につぶやくラルシェだった。

# 精霊祭の夜

秋から冬に変わる季節の、青い満月が昇る夜。この夜は、一年の内で最も精霊の姿が見えやすくなると言われ、各地で精霊をもてなす祭りが催《もよお》される。

魔法学科ではこの夜、精霊と接する実習が行われるのが恒例となっている。帰舎したあとは原則外出禁止の寄宿生が、この夜だけは寄宿舎の外へ出ることが許され（学士院の敷地内に限られるが）、精霊と親しむのだ。それを機に精霊と守護契約を結ぶ者も多い。

アリアも今まで何度もこの実習で精霊との交渉に挑んだが、相手から相談事を持ち掛けられることはあっても、守護契約に成功した例《ためし》はない。そもそもアリアの場合、精霊と親しんでいるというなら、この夜に限らず、いつもなのだ。なまじ親しみ過ぎて、からかわれてしまうのだから。

毎年、男女交互に行われる精霊祭の実習。今年はまた女子部の番である。

だが前回の実習時と今回とでは、アリアの置かれた状況は異なっている。ラルシェとのアクシデント婚を王家に認めてもらうため、きちんとした魔法制御能力を身に付けて学士院を卒業しなければならない。魔法制御に力を貸してくれる守護精霊の必要性は逼迫《ひっぱく》している。

今年こそ、誰か私を助けてくれる精霊と出会えるかしら——。

期待と不安を胸に抱きつつ、精霊祭の日を迎えたアリアだったが、今日は夜の実習の前にもうひとつイベントがあった。リュシルの誕生日である。

今年はちょうど、満月の夜《せいれいさい》とリュシルの誕生日が重なってしまったのだ。

ラルシェがリュシルの誕生パーティ準備に励む生徒たちに厳しかったのは、特に魔法学科の生徒は実習も控えているのだからそちらの準備をしなさい、という意味だとアリアは捉《とら》えていた。教師としてのラルシェは嗜虐《しぎゃく》趣味に見えるほど厳しいが、意味もなく生徒を締めつけているわけではないのだ（と信じている）。

放課後、ラルシェに睨《にら》まれながらもラヴルの後援を受け、リュシルの誕生パーティは敢《かん》行《こう》された。会場は教養学科校舎の食堂である。

日頃リュシルには世話になっているアリアも、当然パーティに参加した。というより、例年ほぼ全校生徒が参加する恒例行事なのである。食堂は色とりどりの花やリボンで飾られ、主役であるリュシルも宮廷服や軍服など様々な王子様スタイルに着替えて登場する。

——どちらかというと、誕生日を祝われているというより、リュシル様がファンサービスをする日、みたいになってるけど……。

アリアが心の中でそうツッコミを入れるのも毎年のことである。しかも今年は最後の誕生パーティだけに、衣装のパターンが多い。先日リュシルは衣装合わせを五回もさせられたと言っていたが、結局本日の王子様パターンは計七種類だった。あれからあと二回、親衛隊のお針子部隊に捕まったのだろう。

「うーん……。王子様の限りを尽くしているね、すごいな」

パーティの監督係として出席しているラヴルが、感心したように言う。本物の王子様にこう言ってもらえるとは、親衛隊も本望だろう——とアリアは思わず笑った。

今日のアリアはラヴルのお付きでもあるので、会場内を巡回するラヴルにくっついて歩いていると、ケーキをいくつも確保してがっついているトリル、何やら夢見る目つきでケーキを味わっているフェルトを見つけた（近寄らないに限る！）。そして、主役の親友でありながら、なぜか隅っこの席でケーキを前に脂汗《あぶらあせ》を流しているミュリエットを発見した。

——ミュリエット様、まだダイエット中なの？

目の前のケーキにはまったく手が付けられておらず、けれどそれを見つめる目は「食べたい食べたい」と口ほどにものを言っている。ラヴルもその尋常《じんじょう》ならざるジレンマに満ちた表情に気づいたようで、不思議そうに「食べれば？」と声をかけた。

しかしミュリエットは、固い声で「おかまいなく」と答え、目の前の誘惑を耐える修行僧のような苦行をやめない。

「……今、女の子の間にはこういう我慢が流行《はや》っているのかい？」

ラヴルにこっそり訊《たず》ねられたが、「さあ、よくわかりません……」としか答えられないアリアである。まさか、「うちの兄に片想い中で、ダイエットをしているみたいなんです」とは言えないではないか。

――ミュリエット様、そんなにうちのお兄様がいいの……？　でもお兄様、人の美醜《びしゅう》にはこだわらない人だと思うけど――。大体、ミュリエット様、全然太ってないし。

そう思いつつ、だがアリアもわかっている。「全然太ってないよー」ほど信用されない言葉はないことを。本気でそう思っていても、信じてもらえない言葉の第一位である。そもそも、アリアがミュリエットの片想いを知っていることは内緒なので、下手《へた》なことは言えない。

そこへ、いつの間にやらフェルトが擦《す》り寄ってきていた。

（お姉様、お姉様）

フェルトは小声でささやいてくる。

（ほら、ラヴル先生がなんとなくミュリエット様を気にしてるような感じじゃありません？）

言われてみれば、ミュリエットの席を離れて他を巡回しながらも、ラヴルの視線はちらちらミュリエットの方へ戻っているように見えた。

――ええ……？　まさか……？

フェルトの『王子様の花嫁探し妄想』が当たってしまったりするのか？　ラヴルは、アリアを観察するついでに自分の花嫁候補も観察しようという魂胆《こんたん》なのだろうか？

そう考えかけて、フェルトの妄想癖《へき》に毒されていることに気づき、慌《あわ》てて首を振る。

（気のせいよ、ミュリエット様がケーキを食べないのを不思議に思っているだけよ）

フェルトにささやき返し、アリアは自分にも言い聞かせるように頷《うなず》いた。

そうよ、食べたそうな顔をしているのにケーキを食べないのが不思議なだけよ。それだけよ。だって、うちのお兄様も絡《から》んでのロイヤルな三角関係とか厭《いや》だし――！

◇――＊◆＊――◇

アリアを微妙に焦《あせ》らせつつも、リュシルの誕生パーティは無事に終了した。

そうして夜になると、精霊祭の実習である。今日は皆、寄宿舎に帰っても部屋着には替えず、制服のままだった。実習は制服着用と決められているのだ。

夕食後、寄宿舎を出て庭へ集合し、教師たちからお決まりの注意事項を聞かされたあとは、アリアの新曲歌唱披露《ひろう》となる。

元から精霊と触れ合いやすいこの夜、精霊を惹《ひ》き寄せる歌唱魔法により、さらに珍しい精霊との遭遇が期待出来る——そう言われ、精霊祭の夜の歌唱披露は入学以来アリアに課された恒例任務なのだった。

祭りの夜に披露する曲は新曲が望ましいとのことで、毎回新しい曲を作るのだが、今年はラブレターから始まった一件でごたごたし、作曲の時間がろくに取れなかった。ラルシェには大丈夫だと答えたが、実は全然大丈夫ではない。

ほぼ即興とも言える曲を、なんとか歌い上げる。

月のひかりは　テンテン　ホロン
鈴のひびきは　ピンポン　ドロン
精霊たちが　歌ってる

精霊たちが　笑ってる
星のひかりは　キュラキュラ　ピロン
笛のひびきは　シュワシュワ　ボロン

精霊たちが　踊ってる
精霊たちが　笑ってる

アリアが歌ったあと、感心と失笑の入り交じった空気に包まれるのはいつものことだった。アリアとしては飽くまで真面目《まじめ》に作っているのだが、歌詞とメロディがどこか可笑《おか》しいらしい。

しかしそのおかしな歌に、精霊たちは惹き寄せられてやって来る。一気に精霊密度が増した学士院の庭を、生徒たちはランプを手に精霊を追いかけて散ってゆく。フェルトは初めての精霊祭実習にはしゃいでおり、トリルは魔法制御力を高めるために追加の守護精霊を求めて張り切っている。

アリアも当然、張り切って精霊と交渉したいところだったが、この実習にはラルシェも指導教師として参加しているのだ。昼間と比べれば格段に人目が少なく、暗がりも多い状況で、彼に捕まってラヴルとの経緯《いきさつ》を追及されたら――と思うとぞっとする。なんとかラルシェに捕まらないように逃げ回りながら、精霊を捕まえなければならない。例年以上の難易度である。

男子部の実習では、珍しい精霊の取り合いで乱闘騒ぎになることもあるらしい。そのため、教師たちが厳しく目を光らせながら巡回するという。女子部ではそこまで激しいいざこざは起きないが、夜ということもあり、生徒の安全のために、やはり大勢の教師が敷地内を巡回している。

ラルシェがどこを巡回しているのかを気にしつつ、他の生徒たちを楯《たて》にするように移動しながら、アリアは学士院の中をさ迷った。精霊ならあちらにもこちらにもたくさんいるが、アリアと目が合うと笑って逃げてゆくような意地悪精霊ばかりだった。

――何かもう私、この近辺の精霊たちにはすっかり馬鹿にされているような気がするわ……。

切ない気分になっていると、突然、ドカンと大きな爆発音がした。驚いて、赤い炎が立ち上る方へ駆けつけると、ミュリエットが火炎魔法を暴走させたようだった。人の背よりも高く燃え盛る炎を、アルトが魔法協調力で制御し、あっという間に鎮火させる。

「申し訳ありません。足元にネズミが走ったのに驚いて、魔法が暴走してしまって――」

謝るミュリエットに、アルトが頭《かぶり》を振った。

「違う。これは暴走じゃない。わざと炎を起こしたね？　実習中に、何を考えているんだ。他の生徒たちが巻き込まれたらどうするつもりだったんだ。君は最高学年で、寄宿舎の監督生だろう」

いつも優しいアルトが厳しくミュリエットを叱《しか》るのを見て、生徒たちがざわついた。ミュリエットも肩を縮こまらせて小さくなっている。アリアはといえば、

――お兄様、学校の先生になって、人を叱れるようになったのね――！

妙なことに感心してしまったが、他者の魔法に協調出来るアルトは、その魔法が発動されたきっかけすらも読み通せるらしいのである。本人の意図と関係なく暴走した魔法か、悪戯《いたずら》でわざと発動させた魔法かがわかるのだ。

だが、普段悪戯などしないミュリエットが、どうしてこんな実習中にわざと火炎魔法を使うようなことを――？

首を傾《かし》げたアリアの胸を、まさか、とひとつの思いが過《よぎ》る。

――もしかして、お兄様の気を引きたくて……？

そう思ってミュリエットの様子を窺《うかが》えば、アルトに叱られてどこかうっとりしているよ

うにも見える。

ミュリエット様、どこまでうちのお兄様に本気なの――!?

そこへ、また別の方角から大きな破裂音が響いた。アルトと共に野次馬がそのままそちらへ移動すると、今度はトリルが物動魔法を暴走させて四阿《あずまや》のベンチを粉砕していた。こちらは本物の暴走だった。トリルの場合、むしろこれをわざとやったなら、制御力が付いたということで褒《ほ》められる案件である。

アルトがトリルを落ち着かせていると、またまた別の場所から悲鳴が上がった。

「きゃあ～！」

「ちょっと、駄目よ、あっち行ってー！」

何事かと思えば、リュシルの親衛隊が庭の芝生の上へパーティセットを並べているのに、精霊たちがちょっかいを出して遊んでいる。燭台《しょくだい》が空を飛び回り、ティーカップがカチカチぶつかりながら踊り、ケーキは爆発し、大騒ぎである。

「君たちは、何をしているのです」

教師に見つかって叱られた親衛隊は、肩を並べて項垂《うなだ》れる。

「リュシル様のために、昼間の誕生パーティとは別にサプライズパーティを開こうと思ったんです～」

「今年のお誕生日はせっかく精霊祭の日に当たったんですから、夜の庭でロマンティックなムードを演出したかったんです～！」

そんな親衛隊を庇《かば》ってリュシルが謝ると、自分たちのせいでリュシルに迷惑をかけたと親衛隊全員が泣き出し、その嘆《なげ》きが関係ない生徒にまで伝染して愁嘆場《しゅうたんば》が広がり、騒ぎは収まるどころか拡大の一途である。そしてまた一方では、フェルトが何を妄想したのか、派手に《ときめきの花》を咲き散らかしている。

アリアは呆然《ぼうぜん》とそれらの様子を眺め、ふと思った。

今年はいつになくドタバタの実習だ。この騒ぎの中なら、案外ラルシェに捕まらずに済むかもしれない。

――そうよ、実習が始まってから一度もラルシェ様とは目が合っていないし、今夜は私から何か聞き出そうという気はないのかも――。

そう楽観的になったのが油断に繫《つな》がったのか、騒ぎの現場から少し離れた途端、誰かに腕を引っ張られ、倉庫裏に連れ込まれた。

「……⁉」

驚いてランプを取り落としてしまったので、相手の顔を確認する術《すべ》は月明かりに頼るしかなかった。物陰の中、一方向から射し込む月明かりを、銀縁《ぎんぶち》眼鏡のレンズがキラリと反射する。

――ラルシェ様⁉　それとも、ラヴル様⁉

おそらく、ラルシェだと――思う。だが、夜の暗さと、一度間違えた前科があるゆえに、自信が持てない。迂闊《うかつ》にこちらから何か言うのは藪蛇《やぶへび》になりかねないので、相手が口を開くのを待つ。

「可愛いアリア。その探るような表情は何かな？　まさか私と兄上の区別がついていないなんて悲しいことは言わないよね？」

ラルシェ様だ――。

可、可愛い、い、アリア。自分をそんな風に呼ぶのはラルシェしかいない。

「……今日は騒がしい夜だ。何かが起こる夜なのかな――」

ラルシェは独り言《ご》ちるようにつぶやいたあと、アリアを真っすぐに見つめて訊ねる。

「ねえアリア、私に何を隠してる？」

「何も……隠してなんて……」

「本当？　本当に何も？」

優しい声音の中に冷たい恐怖を感じ、じりじり後ずさると背中が倉庫の壁に当たった。

身体を捻《ひね》って横へ逃げようにも、すかさず両脇に腕を突かれ、逃げられない。

「何も隠していないなら、どうして逃げようとするんだい？」

口調は飽くまでやわらかい。けれどアリアを見つめて離さない瞳が怖い。いや、彼の瞳を怖いと思うのは、自分に疚《やま》しいことがあるからだ——そうわかっているからこそ、アリアは何も言葉を発せなかった。

黙り込むアリアを倉庫の壁に追い詰めたまま、しばらく見つめ続けたラルシェは、不意に右腕を動かした。その手がアリアの髪を撫で、左耳に触れ、ブラウスの襟《えり》に掛かる。

「！」

アリアは大きく身体を震わせ、腕の檻《おり》がなくなった左側に身を捻って逃げ出そうとしたが、敢《あ》え無く身体ごとラルシェの腕の中に抱き込まれてしまった。

「可愛いアリア。なぜ逃げるの？　君は私の妻だろう？　その証《あかし》を見せて」

ラルシェの手がブラウスの襟を広げようとする。アリアは必死に頭を振り、ラルシェの腕の中でもがいた。ラヴルへの誓文《せいもん》が重ねられた《婚姻の印》を見られたくない！

「いや！　駄目です、やめて——！」

本気で拒絶を示す全力の抵抗に、ラルシェが一瞬、腕の力を抜いた。傷ついたような碧《あお》い瞳に罪悪感を覚えながら、アリアはその場を駆け出した。

闇雲に走って息が切れ、ふらふらになったところでアリアは足を止めた。

近くの木に凭《もた》れ掛かり、現在地を確認するために辺りを見渡す。教養学科校舎の中庭だった。周囲に人影はなく、こんなところでまたラルシェに捕まっては大変とばかり、再び駆け出すと、白衣の教師と行き合った。

「何をそんなに慌てているんだ？　まるで悪戯をした相手から逃げ出すみたいに――」

銀髪と銀縁眼鏡に、一瞬ぎくりとするが、ラルシェではない。先刻の今で、相手の纏《まと》う空気がまったく違うことがわかる。

「ラヴル、様――？」

「その顔はなんだ？　もしやラルシェから逃げているのか？」

ずばり言い当てられて、言葉に詰まる。

「実習中に追いかけっこか？　呑気《のんき》なものだな」

「ち、違います――追いかけっこなんて……」

自分は本気で逃げているのだ。逃げなければならない原因を作ったのはラヴルではないか。つい恨《うら》めしい気持ちになってくちびるを噛むアリアだったが、

「まあいい。隠れるならこちらだ。匿《かくま》ってやろう」

ラヴルはアリアを教養学科校舎の方へ連れて行き、窓が開いている一階の教室を指差し

た。

「さっき、フクロウの精霊が悪戯をして窓の鍵を壊したんだ。ここから中へ入って校舎の中に隠れているのはどうだ。実習は原則屋外で、校舎は閉め切られていることになっているからな」

「……」

　どこに隠れても、《婚姻の印》が刻まれている限り、アリアの位置情報はラルシェに素通しである。彼が本気でアリアを捕まえる気なら、隠れることに意味はない。捕まりたくないなら、建物の中に留まるより移動を繰り返す方がいい。

　ラヴルもそれはわかっているはずだが、わざわざ穴場の隠れ場所を教えてくれたことに、少し気持ちが和《やわ》らいだ。つい先日も、親衛隊に追われるリュシルをラヴルが匿ってやったことを思い出す。

「ラヴル先生は生徒を匿ってばかりですね。優しい方なんですね」

　微笑みながら言うと、ラヴルは小さく肩を竦《すく》めた。

「私の本職は教師ではないからね。生徒を指導するというより、その場の感情で動いてしまうだけだよ」

「人を助ける行動が一番初めに来るということは、優しい方だということだと思います。

弟のラルシェ様を心配なさっていることだって――」

アリアがそう言った時、ラヴルが突然アリアの腰を攫《さら》い、抱き上げた。かと思うと、アリアを抱いて窓を越え、校舎の中へ入った。

「えっ――」

せっかくだが校舎の中に隠れるつもりはなかったアリアは、面喰らってラヴルの顔を見上げる。ラヴルは無言のまま教室の机の上にアリアを降ろして座らせると、アリアをやや見下ろすようにして口を開いた。

「本当のことを言おうか」

「え？」

月明かりの射す窓を背にしているラヴルの表情はよく見えない。だから、

「――私は、ラルシェのことが大嫌いなんだよ」

そう言ったラヴルがどんな顔をしているのかもわからなかった。

「ラ、ラヴル様……？」

ラヴルの真意を測りかね、アリアは戸惑《とまど》った。両肩の上に置かれた手に身体を押さえられている格好で、動くことも出来ない。

「ラルシェはね、それは可愛げのない弟だったよ――」

ラヴルは静かな口調で語る。

「私とあいつは、顔が似ているだろう。そのせいというわけでもないのだろうが、持っている能力も似ている。魔法干渉力《かんしょうりょく》を使って精霊を捕まえるのは私も得意だ。——だが、その能力はラルシェの方が高い。あいつは、容赦《ようしゃ》ない力で精霊を縛りつける。いつも私が求める精霊を横取りしては、笑っていた。兄を兄とも思わない弟だよ」

穏やかではあるが、確かに憎しみのようなものが滲《にじ》む声音だった。

——ラヴル様は本当に、ラルシェ様を憎んでいる……？

ならばどうして、ラルシェのいる学士院でわざわざ特別講義を引き受けたのか。ラルシェが憎いのに、どうしてその花嫁の品定めをするような真似を？

わからない——とアリアが思った時、ラヴルが同じ言葉を口にした。

「私にはわからないんだ」

「……何が、ですか？」

「なぜ弟はおまえのような娘を選んだのか」

「……なぜ、と仰《おつしや》られても……」

それは、たまたま父と兄が詐欺《さぎ》に遭《あ》い、借金の形に嫁入りさせられそうになった自分を救《たす》ける流れで、《婚姻の印》を刻んでしまったからだ。選んだとかなんとかいう問題ではない。アリアにとってもラルシェにとっても、まさに人生のアクシデントだ。

いや、アリアにとっては嬉しいアクシデントだったが、ラルシェにとってはどうなのかがわからないという意味では、やはり「わかりません」としか答えられない問題である。

答えあぐねているアリアの肩を、ラヴルがトンと後ろへ押した。机の上に倒され、慌てて起き上がろうとしたところを押さえ込まれた。

「ラ、ラヴル様……⁉」

長身の男性に上から伸し掛かられた体勢では、とても身体を動かすことなど出来ない。首を小刻みに振って、放して欲しいと訴えるのが精一杯だった。だがラヴルはその訴えを聞く気はない様子で、アリアを睨むように見つめる。

「お人好しで出来損《できそこ》ないの魔法能力者。いびられていることにも気づかず、こうして腕の中に捕らえても、魔法で逃げることも出来ない。こんな、何のために魔法能力を持っているのかわからないような娘に、どうしてラルシェは夢中になっているんだ――」

ラヴルの手がアリアの首筋に伸び、襟を開いて刻印が露《あらわ》になる。そこに指が這《は》わされると、アリアは嫌悪感に身を震わせた。

「やめて――やめてください……！」

必死に身体に力を入れ、ラヴルの身体の下から逃げ出そうとしても、叶《かな》わない。これからどうなってしまうのか、ラヴルに何をされるのかがわからず、怖くて、頭の中がパニックになった。それなのに、こんな時に限って、転移魔法が発動しない。

――どうして⁉

いつもラルシェに迫られた時は、パニックを起こすのと同時に転移魔法が暴走するのに。今も完全な恐慌状態に陥《おちい》っているというのに、どうして魔法が暴走しないのか。

思ったようには使えず、暴走して欲しい時には暴走せず、本当に、自分は何のために魔法能力を持っているのかわからない――アリアは絶望の息を吐いた。

抵抗の力を抜いたアリアに、ラヴルが怪訝《けげん》そうな声で言う。

「どうした？　逃げたいなら、逃げられるだろう？　おまえは転移魔法能力者なのだから。制御出来ないと言っても、本当に身の危険が迫れば、底力が発揮されるかもしれない。荒《あら》療治《りょうじ》に協力してやろうか――」

ラヴルの碧い瞳が剣呑《けんのん》に光った時だった。

ゴウッと風を切る音と共に、アリアの視界を黒い刃《やいば》が横切った。

「！」

それは、真っ黒な大鎌《おおがま》に見えた。ラヴルがすんでのところで身を躱《かわ》し、アリアから飛び離れると、黒い大鎌は黒衣の青年へと姿を変えた。

「……黒鷲《くろわし》の精霊、か」

ラヴルが緊張を滲ませた声で言う。

黒鷲の精霊は、アリアを守るようにラヴルとの間に立つ。そこへすぐ、開け放たれたままの窓枠を乗り越えてラルシェが飛び込んできた。

# 精霊殺しの王子

ラルシェが現れたのと入れ替わり、黒鷲《くろわし》の精霊は空気に溶けるように姿を消した。

机の上に座ったまま呆然《ぼうぜん》としているアリアを、ラルシェが抱き寄せる。咄嗟《とっさ》に湧き上がった安心感でラルシェに抱きついてから、アリアははっとして襟元《えりもと》を押さえた。しかしそれは一瞬遅かったようだった。ラルシェの視線はアリアの左首筋から動かない。

「――アリア。今隠したものを見せて」

固い声に身が竦《すく》む。だがラヴルも同じ場にいる状況で、今さら隠す意味もないと思えた。

アリアは観念して襟元を広げた。

アリアの白い肌の上。百合《ゆり》を模《かたど》った王家の紋章の上に、

『これから二週間、私はラヴル様の命《めい》に従います』

そうアリアの文字が重ねられているのをラルシェはじっと見つめた。

アリアはまるで針の筵《むしろ》の上にいるような気分でラルシェの視線に耐えた。続いてラルシ

ェの視線はラヴルへ向かった。

「兄上。これは何です。アリアに何をしたのですか――」

ラヴルを睨《にら》むラルシェの眼は険しかった。それは、アリアが見たことがないラルシェの表情だった。アリアは慌《あわ》てて、

「私が悪いのです！」

と口を挟んだ。そうして震えながら事情を説明した。ラルシェ宛に書いたラブレターを、間違えてラヴルに渡してしまったこと。こんな迂闊《うかつ》な花嫁では心配だと言われ、ラヴルに認めてもらうために世話係となったこと。刻印の上の誓文《せいもん》はそれに伴って書いたものだということ――。

「ごめんなさい、私、ラルシェ様にご迷惑をかけたくなくて、私、ラヴル様に認めていただきたくて――」

アリアはラルシェの怒りを解こうと必死に謝ったが、ラルシェは飽くまでアリアではなくラヴルを睨んで続ける。

「事情はわかりましたが、それでどうして、ここでこんなことになっていたのですか？私の妻を夜の教室で押し倒していた理由は？」

「教育の一環だ」

さらりと答えるラヴルに、ラルシェは険しい目つきのまま言う。

「アリアの教育は私がします。兄上のお手を煩《わずら》わせるまでもない。どうぞお捨て置きください」

ラルシェの声と表情にはあまりに温度がなかった。その冷たさにアリアの身体は震えが止まらなかった。

――怖い……！　こんなラルシェ様を見るのは初めて……！

おろおろするアリアを横目で見たラヴルが、ふっと微笑《わら》う。

「ラルシェ。おまえの花嫁が怖がっているぞ。おまえは愛妻に、本性を見せたことがないのか？」

「余計なお世話です」

ラルシェは不機嫌そうに答え、アリアの肩を抱いた。そうしてアリアの顔を覗《のぞ》き込む顔は優しかった。

「兄が怖い思いをさせて悪かったね。もう行こう。兄の気紛《きまぐ》れには付き合わなくていいから。世話係も誰かに替わってもらえるように私から学校側に話すよ」

そう言って、窓から外へ出るためにアリアを抱き上げようとするラルシェを、アリアは慌てて止める。

「で、でも、ラヴル様に認めていただかないと、刻印の上の誓文が――」

「そんなものはどうとでもなるよ。常墨《とこすみ》の精霊は世界にひとりというわけじゃない。兄上が使役《しえき》している精霊より強い者を捕まえて消させればいい」

「そ……そんなことが出来るのですか」

「私に束縛出来ない精霊はいないよ。だから、もう――」

傲慢《ごうまん》にも響くラルシェの言葉に被《かぶ》せるように、ラヴルが言った。

「そうだな、それがおまえの得意技だからな」

それはひどく皮肉げな響きの声だった。ラヴルはラルシェを睨んだあと、その視線をアリアに移した。

「おまえは、ラルシェが《精霊殺しの王子》と呼ばれていることを知っているか」

「――え……？」

精霊殺し？

聞いたことがない。稀代《きたい》の精霊使いとしての評判なら知っているけれど――。

アリアがきょとんとしてラルシェを見遣《みや》ると、そこに凍りついた表情を見て、そのことに驚いた。

「ラルシェ様……？」

　まるでこの世の終わりのような顔をしているラルシェに戸惑《とまど》うアリアの一方で、ラヴルはそんなラルシェの表情を愉《たの》しむように言う。

「なんだ、知らなかったのか？　このラルシェは、手当たり次第に精霊を束縛し、殺して結晶石に変え、コレクションしているんだ。それが子供の頃からのこいつの趣味なんだ」

「そんな……？」

　アリアは絶句してラルシェとラヴルとを見比べた。

「本当――なのですか？」

　アリアの問いにラルシェは答えなかった。代わりにラヴルが雄弁に語る。

「こいつは精霊コレクターだ。目新しい精霊を見つけたらなんでも捕まえるが、だからといってそれを全部周りに侍《はべ》らせておけるわけでもない。役に立つ精霊は使役し、そうでない精霊は容赦《ようしゃ》なく殺して精霊石に変える。その方がコレクションしやすいじゃないかと言ってのける奴だ」

　ラヴルの言葉をラルシェは否定しなかった。ただ固まったように立ち尽くしている。

「魔法の発動を補助する魔法石。それを効率的に作る一番の方法を知っているか？　生きた精霊を殺して結晶化させることだ。自然死した精霊の結晶石より、遥《はる》かに力が強いからな。こいつが留学して研究していたのは、そういう実験だ。こいつは精霊を殺す研究をしていたんだ」

「――……」

アリアはラヴルの告発を俄《にわか》には呑み込み切れず、こめかみを押さえた。

ラルシェが精霊を捕まえては殺していた？

魔法石の研究とは精霊を殺すこと？

「かわいそうに、こいつの守護精霊たちは、いつ用無しの烙印《らくいん》を捺《お》されるかビクビクしながらこいつの命令に従っている。とんだ暴君だよ」

そのラヴルの言葉に、そういえば、と思い出す。

フェルトが蒼《あお》マレーンの花の精霊に記憶を奪われそうになった時――。義理堅い性質とは言い難《がた》い生きものの精霊が、なぜああまでラルシェの命に従ってしつこくフェルトを襲おうとしたのかが不思議だった。

あれは、役に立たないとラルシェに判断されれば、殺されて石にされると思ったから？　だから、己の存在が消えかけるほど全力で、途中で命令が制止に変わったのにも気づかないほど必死に、最初に受けた命令を遂行《すいこう》しようとしたのだろうか？

――でも、ラルシェ様が精霊の結晶石を集めて魔法石を作ろうとしているのは、きっと私の魔法制御を補助するためで――……。

いや、だがその前からラルシェは精霊を捕まえて石にするのが趣味だったのだとラヴルは言った。

ラルシェが冷酷な精霊コレクターなのか、自分のために魔法石の研究をしてくれている優しい人なのか、どう捉《とら》えていいのかわからない。

ただ、先刻からラルシェが頻《しき》りに早くここを立ち去ろうと促してきたのは、ラヴルにこの話題を出されたくなかったから――？　ラルシェの表情を見れば、それは確かなことのように思えた。

――ということは、ラルシェ様にとって、私には聞かれたくない話だったということ？　聞かれたくないということは、都合の悪い話だということ？

戸惑いと混乱で頭を抱えるアリアを、

「アリア――……」

ラルシェが掠《かす》れた声で呼び、腕を取ろうとした。ラルシェの手が身体に触れたその瞬間、心ならずもビクッと震えたアリアは、そのまま転移魔法を発動させてしまった。

◇――＊◆＊――◇

アリアの姿が目の前から搔《か》き消えたのを、ラルシェは呆然と見送っていた。

すぐに追いかけてゆくのかと思いきや、魂を抜かれたように呆けて立ち尽くす弟の姿を見て、ラヴルはいささかならず驚いた。

瞳には完全に生気がなく、顔も土気色《つちけ》、ついには立っていられなくなって壁に寄り掛かり、ずるずると床に座り込む始末。

——こんなに打ちひしがれた様子のこいつを見たのは初めてだ。

正直、ここまでのダメージを与えられるとは思っていなかったのだが——。

「あの娘に、それほど嫌われたくないのか？」

呆《あき》れながら声をかけると、力のない返事があった。

「……アリアに嫌われたら、私にこの先、生きる意味などありませんよ……」

「おまえがそこまで女に入れ込む人間だとは思っていなかったが」

ラルシェは今まで見たことがないほど儚《はかな》げな笑みを浮かべる。

「ええ、わかっていますよ。私は《精霊殺しの王子》。残酷で冷たい、最低の人間です。それでも、アリアが傍《そば》にいれば——あの純粋で善良でお人好しの少女が傍にいてくれれば、自分の罪が清められる気がするんですよ」

そう言って、やっと気力が復活したのか、立ち上がったラルシェは窓を飛び越えてアリアを追って行った。

「――……」

珍しいものを見た思いで、ラヴルはほうっと息を吐いた。

アリアにも語ったとおり、一歳下の弟ラルシェとは顔が似ていて、魔法干渉力《かんしょうりょく》が強いところも同じだが、ラルシェの方が能力は高い。おかげで、自分が狙った精霊をいつも先に捕まえられてしまう。そうして捕まえた精霊を可愛がってくれればまだいいが、結晶石に変えてコレクションするだけだ。守護させるのではないなら、兄に譲ればいいではないか。

齢《とし》の離れた長兄には礼を尽くすラルシェも、一歳違いの兄のことはほとんど歯牙《しが》にも掛けない。面と向かっての態度だけは型通りに丁寧《ていねい》だが、いわゆる慇懃《いんぎん》無礼というやつで、能力の劣る兄を内心で馬鹿にしているのが瞭然《りょうぜん》だった。何せ、人の鼻先で、当てつけのように精霊を掻っ攫《さら》ってゆくのである。

だが順番で言うなら、飽くまで自分は第二王子なのだ。アルディート王家では、第二王子までは公務が忙しく、第三王子以下は急に暇《ひま》になる。だから、齢はひとつしか違わないのに、自分は煩《わずら》わしい仕事に忙殺《ぼうさつ》され、ラルシェは外国へ留学して自由に暮らしている。能力の高さをひけらかすなら、もっと王子としての責務を果たしたらどうなのか。

ラルシェが学生時分からモデラート家に入り浸《びた》り、そこの娘を可愛がっているという話は聞いていた。実の弟の世話もしたことのない人間が、よその小さな女の子の面倒を見るとは何なのか。

人づてに話を聞けば、モデラート家の令嬢アリアは、精霊を惹《ひ》き寄せる力を持っているという。それで得心が行った。アリアに精霊を惹き寄せさせて、コレクションを増やすためか。なるほど、あいつらしい——と思った。

その後、アクシデントに近い経緯《けいい》で、ラルシェはアリアに《婚姻の印》を刻んだ。留学を切り上げ、アリアの通う学士院女子部で教師までやり始めた。公務をひとつも手伝わず好き放題にしてきた挙句、嬉し恥ずかしの新婚学園生活とはなんだ。ふざけている。

アリアという娘は、魔法制御力がからっきしな上、お人好し過ぎて精霊との契約が出来ないらしい。ラルシェとは正反対の人間だ。そんな娘をなぜラルシェは気に入っているのか？　いくら精霊を惹き寄せる力が利用出来るからといって、結婚までする必要はないだろう。状況を詳しく知りたくても、偵察《ていさつ》の精霊をあまりラルシェに近寄らせると、捕まって何をされるかわからない（あの弟は精霊に対して冷酷なのだ！）。

そんな時、学士院恒例の王族による特別講義が近いことに気がついた。ちょうどいいとばかり、今年は自分が女子部の講義を引き受けると手を挙げた。

アリアに近づいて、その人となりを観察したかった。そして彼女がラルシェの本性を知らないのならば、教えてやりたかった。何も知らず、ラルシェのために精霊を呼び寄せ続けているなら、やめさせなければ。ラルシェに捕まえられた精霊たちの哀《あわ》れな末路《まつろ》を知れば、お人好しの令嬢はラルシェにどんな態度を取るだろう――。

特別講義の下見として、学士院の女子部に顔を出した。アリアが自分をラルシェと間違えたら面白いと思い、同じ白衣に眼鏡姿で校舎をうろついていると、まんまとアリアを釣り上げることが出来た。すっかり自分をラルシェだと信じて後を付いてくるので、人目のないところまで誘い込んで声をかけた。

そこで、約束の物ですと言って渡されたのは手紙。中を読むと、幼稚なポエムのラブレターだった。

――こいつらは、学校でこっそりこんなことをして楽しんでいるのか。

無性に腹が立ち、やたら純真そうな目の前の少女を虐《いじ》めてやりたくなった。

強引に世話係を命じて近くで観察したアリアは、本当に純粋でお人好しだった。わざと意地悪や我がままを言っても、それを教育的指導と受け止め、素直に応じる。そのせいで授業に遅れたり、宿題をする時間がなくなっても、文句ひとつ言わない。

上級生から、同級生から、下級生から、何か頼まれれば自分のことは後回しで一生懸命。

結果、自分が貧乏くじを引いても、誰を責めることもない。感心するほどいい子だ。

ラルシェはなぜこんな娘を傍に置いているのだ？　あの弟には、こういう娘は眩《まぶ》しくて見ていられないのではないか？　似合わない。利己的で傲慢なラルシェとはまったく人間の種類が違う。こんな娘を見ていて、あいつは楽しいのか？

いつも一生懸命な割に不器用な令嬢アリアは、しかし歌唱魔法の力だけは本物だった。精霊を惹き寄せる力を目の前で見てみたくて、何か歌うよう命じると、アリアが変な歌詞の曲を歌い始めた途端（なぜこの娘は歌に変な擬音語を混ぜるのか⁉　しかもメロディもなんだか変だ！　しかし声は素晴らしくいい！）、様々な精霊が寄ってきた。これはすごいと思った。ラルシェでなくても、精霊コレクターなら捨て置けない能力だった。

だが、ラルシェの前でもよく歌うのかと訊ねると、アリアは頭《かぶり》を振った。

「新しい曲を覚えたり、新しい曲を作ったりした時は、聴いていただくこともありますが……ラルシェ様の方から私に、歌って欲しいと仰《おつしや》ることはあまりありません」

そう答えるアリアに、首を捻《ひね》った。

――どういうことだ？　ラルシェは、この娘の歌唱魔法を利用しているのではないのか？

日を増すごとに、アリアを見ていると苛々《いらいら》するようになった。アリア自身に対しての苛立ちではない。ラルシェがこの娘を必要とする意味がわからなくて、苛々するのだ。

歌唱魔法を利用しているのではないなら、何なのだ？　アリアは、確かに転移魔法の制御はからっきしで、作曲センスもおかしいが、それ以外に欠点はなく、心優しいいい子だ。あいつは、こんな善良な少女を愛するような男ではないだろう。

ラルシェとアリアの関係がわからない。アリアのお人好しぶりを見せつけられるほどに、わからなくなる。だから先刻も、あまりに自分を『弟想いの兄』と信じて疑わないアリアを通してラルシェへの苛立ちが募《つの》り、つい乱暴な真似をしてしまった。

一体あの娘は何だ。ラルシェにとってあの娘は何なのだ――。

◇――＊◆＊――◇

目の前から姿を消したアリアの気配を辿《たど》りながら、ラルシェは泣きたい思いで走っていた。頭の中は必死に言い訳を考えてフル回転している。

――いや、言い訳も何もない。すべては自業自得だ。

生まれつき、魔法干渉力が強かった。万物に宿る精霊の姿が見える。その生命《いのち》を簡単に握り潰《つぶ》すことが出来る。交渉など必要ない。一足飛びに精霊を束縛するやり方を、誰に教えられたのでもなく識《し》っていた。

ひとつ上の兄ラヴルは、時間をかけて精霊と交渉する。だが自分は、そんなまどろっこしいことはしていられないと思った。干渉力の網を掛ければ簡単に捕まえられるのだから、それでいいじゃないか。実際そのやり方で、兄より自分の方が強い精霊を束縛することが出来ていた。

子供の頃は、精霊を捕まえて色とりどりの宝石にして集めるのが楽しかった。

綺麗なものが好きで何が悪い？　綺麗なものを集める趣味のどこが悪い？

高慢な目つきでそう言ってのける子供だった。けれど、精霊たちにその評判が立ったせいで、傍に寄ってくる精霊がいなくなり、新しいコレクションを増やせなくなってしまった。

そうしている時、級友の妹が精霊を惹き寄せる力を持つ歌唱魔法能力者だと聞いたのだ。興味を持って彼の家の別荘へ行くと、たくさんの珍しい精霊に囲まれている少女――アリアと出逢った。素晴らしい光景に歓喜し、そこにいた精霊を片っ端《ぱし》から捕まえた。

だがアリアに懐《なつ》かれ、アリアを可愛がるようになって、自分のしていたことの罪深さを知った。自分の寂《さび》しさ、空《むな》しさを知った。

まったくアリアは自分と正反対だった。

アリアは精霊と親しむ。精霊と会話する。だから精霊に好かれる。彼らがアリアをからかうのは、親しみゆえだ。自分にそんな風に接してくる精霊などいない。

自分は精霊に嫌われる。だが、精霊を捕まえるのは大の得意だ。精霊を見つけたら、魔法干渉力の網で搦《から》め捕《と》る。飛んでいる蝶を網で捕まえるのと同じ。簡単なことだ。

精霊と話をする――そんなことを、アリアと出逢うまで自分は考えたことがなかった。見つけたら捕まえる。そして使役するか綺麗な石にする。問答無用だ。そんな相手と、会話する――？

思えば、兄のラヴルもアリアと同じタイプなのだ。きちんと精霊と話をして、助けてもらうための条件を摺《す》り合わせ、守護を得ようとする。厭《いや》がる精霊に無理強《じ》いはしない。

ずっと、兄が自分を疎《うと》むのは、魔法能力の高さを妬《ねた》んでいるせいだと思っていた。けれどアリアを知ってから、そうではないのかもしれないと思うようになった。兄は、自分の精霊の捕まえ方が気に入らないのだ。問答無用が嫌いなのだ。ラヴルという兄は、人間に対しては外面《そとづら》の良さと内面《うちづら》の陰険さに差のある性格だが、こと精霊に対しては優しい人なのである。

別に兄への態度を反省したわけではない。アリアに倣《なら》ってみたくなっただけだ。

精霊に対し、一方的に命令するだけの姿勢を変え、彼らの声に耳を傾けるようになった。

彼らは会話が成立するペットなのだと認識を改めた。

精霊を、会話の出来る相手だと認めるようになると、付き合いの長い黒鷺の精霊などは軽口を叩きながら話しかけてくるようになった。

黒鷺の精霊は、自分が昔とは変わったと頻《しき》りに言うが、そうだ。変わったのだ。アリアのために。アリアに嫌われたくなくて。あの澄んだ瞳に、人でなしを見る目をされたくなくて。

――アリア。

アリア、聞いてくれ。

私は、あの頃とは違うんだ――。

◇――*◆*――◇

アリアが転移魔法で移動したのは、さほど長距離ではなかった。見覚えのある場所だと思えば、寄宿舎の裏手にある雑木林だった。

まばらにしか届かない月明かりを浴び、乱れた襟元を直しながら、どうしよう――と考える。

またラルシェから逃げるような格好になってしまった。ラヴルから聞かされた話に驚いたのは本当で、ラルシェが捕まえた精霊を殺していたというのが事実ならとんでもないことだと思うが、まだラルシェ本人の話を聞いていない。そこを確かめずに、まるで罪人を厭《いと》うかのような態度で逃げ出してしまったのは、自分が悪かった。

だが、ラルシェのもとへ戻り、話を聞いて、ラヴルの言ったことが真実だったら？　その時、自分はどうすればいいのだろう。彼にどういう態度を取ればいいのだろう。

「～～～」

どうすればいいのかわからなくなって、頭を抱えて蹲《うずくま》る。そこへ、

「アリア」

背後から聞こえた声に、慌てて立ち上がる。

アリアを呼んだのは、月の光をまだらに受けた銀髪の青年。

ラヴルではない。彼が自分を追いかけて来るわけはないのだから、これはラルシェだ。

ゆっくり歩み寄ってきたラルシェは、小さな声でおずおずと言った。

「アリア——……私のことが嫌いになった？」

ラルシェのこんなに自信のなさそうな声を聞いたのは初めてだった。そして何より、こんな、泣きそうな顔をしたラルシェを初めて見た。

心許《こころもと》ない月明かりのせいかと思い、一歩近づいてみても、ラルシェの表情は変わらなかった。それどころか、一層切なそうに歪《ゆが》むばかりだった。

ラルシェはよく、「アリアに嫌われたら泣いてしまう」などと言う。大げさな冗談だと思っていた。それなのに目の前のラルシェは本当に泣きそうな顔をしている。

「ラルシェ様——……どうなさったのですか？」

「どうって？」

「なんだか……とても……泣きそうな顔をしていらっしゃるから——」

アリアが戸惑いながら指摘すると、ラルシェは泣きそうな顔のまま微笑《わら》った。

「いつも言っているだろう？　私はアリアに嫌われたら泣いてしまうんだ」

「そんなの——ただの冗談だと……」

「冗談なんかじゃないよ。私は、アリアに嫌われたら生きていけない」

これ以上は冗談だと撥《は》ね除《の》けられない表情でラルシェは言い、ぽつぽつと語り出した。

「——子供の頃の私はね、アリア。人間に対しても精霊に対しても、とても意地悪な王子様だったんだ」

「ラルシェ様が……意地悪……？」

アリアにとってラルシェは、出逢った時からずっと優しい王子様だった。けれどラルシェが語る子供時代の精霊採集に対する姿勢を聞き、驚くことしか出来なかった。

「でもね、アリアと初めて逢ったあの夏――精霊たちと友達のように親しむ君を見て、世界がひっくり返った。こんな精霊との付き合い方があるのだと初めて知った。そうして自分の罪を知った」

「ラルシェ様――」

「正直、君を見ていると、自分の罪を思い知らされる。けれど、それなのに、君から目が離せない。……私には、人として壊れているところがあるから。君の優しさに教えられることがたくさんある。私が人間らしく生きるためには、君が必要なんだ」

切ない表情で言ってから、ラルシェは自嘲《じちょう》するように口元を歪める。

「――もちろん、自分の卑怯《ひきょう》さはわかっているよ。私は、君を愛《いと》おしむことで、君のお人好しを見守ることで、精霊への罪滅ぼしをしようとしているんだ。自分の都合で精霊を縛りつけることをしない――そんな君の生き方を認めることで、自分が許されようとしているんだ」

罪滅ぼし？　許し？

私にそんなものを与える力があるとは思えないけれど――。

戸惑いながらアリアは、一番気になっていたことを訊《たず》ねた。

「あの、魔法石を作るために、精霊を殺していた……というのは……？」

ラルシェは一呼吸の間を取ってから答える。

「魔法石を作るのには、それが一番手っ取り早いことはわかっていたよ。でも、それをして作った魔法石を君が身に着けるはずがないこともわかっていた。それどころか、石の材料を君が知ったら、一生許してもらえないかもしれない。——だから」

一度言葉を切り、はっきりとした口調でラルシェは続けた。

「だから、自然に結晶した精霊石を集めて研究をしていた。これは、誓って本当だよ。私は君と出逢ってから、精霊を殺してはいない」

「——それは本当か？」

突然、第三者の声が会話に入ってきて、アリアとラルシェは同時に声のした方を見た。

いつの間にかラヴルが傍で話を聞いていたようだった。

「おまえは今も平気で精霊を殺しているのだと思っていた」

驚いた様子で言うラヴルに、ラルシェは頭《かぶり》を振る。

「そんなこと、していませんよ。何度も言いますが、私はアリアに嫌われたら生きていけない」

アリアにすれば人前で何度も言われたくはないことを言ってから、ラルシェが改めて訊ねてきた。

「アリア――私のことが嫌いになった？」

――そんな、泣きそうな顔で、そんなことを訊《き》くのはずるいわ――。

アリアはそう思いながら、答えた。

「ラルシェ様の、精霊コレクションを見せてください――」

愛を歌うアリア

ラルシェの精霊石コレクションは、魔法研究院の彼の研究室にあった。

二間続きの研究室の奥、カーテンの掛かった戸棚に整然と並べられたガラスケースには、色とりどりの小さな石が収められていた。

アリアは補習や罰掃除で何度もこの部屋に入ったことがあるが、続き間の扉にはいつも鍵が掛かっており、奥にこんなものが所蔵されていたとは知らなかった。

ケースに並んだ石の数は膨大《ぼうだい》で、一体いくつあるのか、ラルシェはこれまでにどれほどの精霊の生命《いのち》を奪ってきたのか、アリアは絶句した。

「――これは、魔法石の実験に使うための材料か？」

ラヴルの問いに、ラルシェは頭を振《かぶり》る。

「コレクションですよ。鑑賞用のね」

その口調は自虐《じぎゃく》的だった。

「実験には使っていないのか」

「言ったでしょう。そんなことをしたら、アリアに嫌われる。大切なコレクションですから、鑑賞の便のためにも盗難防止のためにも、普段、自分がいる時間の多い場所へ持ってきただけですよ」

ラルシェの言葉に、アリアは少し身を縮めた。

帰国してからのラルシェは、宮殿の自室へ帰らず、研究院に泊まり込むことが多いらしいと聞いていた。それは魔法石の研究のためで、魔法の制御が出来ない自分のためで、常々申し訳ないと思っていたのだ。

ラヴルもラルシェ自身も、かつてのラルシェは残酷で冷酷な王子だったと言った。精霊をただのコレクションとしか見ていない、傲慢《ごうまん》な王子だったと。

けれど、そう言われても、アリアの知るラルシェは違う。ただただ人を甘やかすだけの、優しくて困った王子様だ。

自分の知らないラルシェと、自分の知っているラルシェ。どちらを信じたらいいのか？

アリアは心の中で自問し、自答した。

――そんなこと、考えるまでもないことだわ。

誰が何と言ったって、ラルシェ様自身が何と言ったって、私にとってラルシェ様は――

アリアは顔を上げ、すうっと息を吸い込んだ。そして歌い出す。

キラキラキラ
透ける銀の髪

キラキラキラ
輝く碧《あお》い瞳

キラキラ　煌《きら》めく
キラキラ　揺らめく

キラキラキラ
あなたは私の王子様
大好きな王子様

あの日、ラヴルに取り上げられたラブレター。それがアリアの気持ちだ。それをアリア

が心を籠《こ》めて歌い終えると、

「アリア――……？」

ラルシェが戸惑《とまど》ったようにアリアを見つめた。そんなラルシェの背後で、何かがキラキラ光り出したのをアリアの目は見た。

光っているのは、精霊石が収められたガラスケースだった。たくさんの石が一斉に光を発している。

「これは……⁉」

「突然、何事だ――」

ラルシェとラヴルが驚いているくらいなのだから、アリアにこの現象の原因がわかるはずもない。アリアがおろおろしているうちにも、石が発する光はどんどん強くなり、やがて室内は目を開けていられないほど眩《まぶ》しい光に満ちた空間となった。

「おまえの、やたらに『キラキラ』をちりばめた歌のせいではないのか――」

顔をしかめたラヴルに言われたが、

「そんな――『キラキラ』と歌ったせいでキラキラが発生するなんて、私にそんな器用な魔法は使えません……！」

アリアは情けない反論を返す。だがラルシェは、

「そうかもしれない……」

とつぶやいた。アリアが「えっ？」と訊《き》き返すのに被《かぶ》せ、黒鷲《くろわし》の精霊を呼ぶ。

バサッと重い羽音と共に、室内に陰が作られた。黒鷲の精霊が広げた羽の下、キラキラ光るガラスケースの中で異変が起きていた。

「……!?」

アリアは目を疑った。

たくさんの精霊石が、光を発しながら膨《ふく》らみ、ひび割れてゆく。いや、そのひび割れから光が放たれているのだ。

まるでそれは、卵から雛《ひな》が孵《かえ》る光景さながらだった。割れた石の中から、鳥、花、野菜、魚、様々な姿の精霊が生まれ出てくる。

「──精霊祭の夜に、歌唱魔法が起こした奇跡か……」

ラヴルが呆然《ぼうぜん》とつぶやく。

「石にされた精霊は、完全に死んではいなかったということか……」

「アリア」

ラルシェがアリアの腕を引き寄せ、抱きしめる。

「ありがとう。最高の歌唱魔法だよ──」

「え、え……？　歌唱魔法？　これは、私が……？」

戸惑うアリアに、ラルシェは当然だという顔をする。

「他の誰に、こんなことが出来ると言うんだい。アリアの歌で、精霊たちが息を吹き返したんだよ」

「えぇっ……」

石の中から生まれては室内を飛び回る精霊たちを、アリアは信じられない思いで見た。

――本当に、私の歌でこんなことが……？

次々に生まれ出てくる精霊たちのせいで、先に息を吹き返した精霊は部屋から押し出され、自分の棲《す》み処《か》へ帰ってゆく。ラルシェはそれを引き留めない。

コレクションケースからどんどんいなくなってゆく精霊を放って、ラルシェはアリアを見つめた。

「こんな奇跡を起こしてくれるなんて、アリアは私を許してくれるの……？」

「……許すも許さないも――」

アリアは口籠《くちごも》りながら答える。

「ラルシェ様がどんなにひどい人だったとしても、私にとっては憧《あこが》れの、キラキラの――初恋の王子様ですから……。ラルシェ様が過去に精霊にひどいことをしたなら、その分、これからは精霊に優しくすればいいと思います……」

神妙な表情でアリアの言葉を聞いたあと、

「――初恋？　私が？」

ラルシェはひどく驚いた顔になった。

「いや、でも――アリアは私のことを、兄みたいに思っていただろう……？」

アリアはぶんぶん首を振る。

「私はラルシェ様を兄みたいだなんて思ったことはありません。初めて出逢った時から、憧れの王子様でした。私はずっと――ラルシェ様に恋をしていました」

「アリアが、ずっと、私に、恋？」

ラルシェの丸くなった瞳は変わらない。

「どうしてそんなに驚いた顔をなさるんですか⁉」

勇気を振り絞った告白に対する反応が、なぜこんな驚愕《きょうがく》の表情なのか。無性に腹が立って、アリアは強い口調で言い返す。

「ラルシェ様こそ、妹みたいに思っていた私になりゆきで《婚姻の印》を刻んでしまって、そのことに責任を感じて結婚しようとなさっていたのではないのですか？　それで、自棄《やけ》になったように私を可愛がろうとなさっていたのでは？」

ラルシェは丸くなった瞳をさらに瞠《みは》り、しばらく絶句してから頭《かぶり》を振る。

「責任？　自棄？　一体全体、どうしてそういう発想が出てくるんだい？　私はいつも全力で君を可愛がっていた。妹なんかじゃない。可愛い妻だと、可愛いアリアと――いつもそう呼んでいただろう？」

「それは――だって、でも、ラルシェ様には、私なんかより相応《ふさわ》しい方がいくらでもいると思いますし……」

「馬鹿なことを！　アリア以上に可愛く思える女の子なんていないさ！」

アリアの両肩を摑んでラルシェは言う。そして少し拗《す》ねたように続ける。

「――アリアこそ、じゃあどうして、兄上の腕からは逃げなかったんだ」

「え……？」

「さっき、兄上に押し倒されていただろう。普段、私の腕からだったら、あんな体勢になるやならずのうちに転移魔法を発動させているよね」

「えっ――」

ラルシェが現れたのは、その体勢から黒鷲の精霊に救《たす》けられたあとだった。それなのにどうして、彼はその光景を見ていたように言うのだろう。

訝《いぶか》しむアリアに、ラルシェはふてくされた顔で説明した。

「先行させていた黒鷲の精霊の目を借りていたんだよ。だから、黒鷲の精霊が見たものは私にも見えていた」

「……そう、なのですか……」

無駄に高機能なラルシェの魔法能力が呪わしかった。

「でも、あの、好きで逃げなかったわけでは……」

アリアはくちびるを嚙んで俯《うつむ》いた。

どう説明すればいいのかわからなかった。もちろんあの時は逃げたかったのだ。とても逃げたかったのに、魔法が発動しなかった。どうして、なんて自分自身が知りたい。

アリアが答えられずにいると、蚊帳《かや》の外に置かれていたラヴルが思いがけず助け舟を出してくれた。

「それは、それこそ制御不能な転移魔法だからではないのか」

そう言われて、はっとした。

自分の思いどおりに発動しない転移魔法。行きたい場所へ行けず、移動させたいものを動かせない。逃げたい、と強く思っても、そのとおりにはならない。

——だから？　逃げたいと思えば思うほど、魔法が発動しなかったの？

では、ラルシェの腕からいつも逃げてしまうのは？

逃げたいなんて思っていない。ただ、大好きな人に抱きしめられて、どうしていいのかわからなくなって、頭の中がパンクしそうになる。

逃げたいから転移魔法が発動するのではなく、ドキドキが臨界点を超えて、魔法が暴走してしまうということ――？

「つまり――アリアがいつも私の腕から逃げるのは、私が好きだから？」

ラルシェが嬉しそうに言い、

「実に逆説的だな」

ラヴルが呆《あき》れたように言う。

「結局、なんだ。おまえたちは、両想いだったのに互いに誤解をして、遠慮をし合っていたということか？　馬鹿馬鹿しい」

初恋の人との思いがけない結婚以来、ずっと悩んできたことを端的に総括《そうかつ》され、アリアは呆然とした。

「両想い……？　本当に？　責任感ではなくて？　自棄ではなくて……？」

瞳をぱちぱちさせながらつぶやくアリアに、ラルシェがため息を吐《つ》く。

「アリアにそんな誤解をされていたなんてショックだよ。もっと気合を入れて可愛がらないと駄目みたいだね」

「え、もう十分です、間に合ってます！」

慌《あわ》てて首を横に振ったが、時すでに遅く、力一杯抱きしめられてしまった。

「私は間に合っていないよ。ここ数日、ろくろくアリアを可愛がれなくて、アリアが足りない。もっとアリアを可愛がりたい。ああ可愛い。私のアリア、なんて可愛いんだ――」

耳元にひたすら可愛い可愛いとささやかれ、アリアは真っ赤になった。

「あ、あの、そういうことはせめて、人のいないところで……！」

「そう、ここに私もいることを忘れないように」

ラヴルが忌々《いまいま》しげに言ったあと、どこからか吹いてきた風がアリアの首筋を優しく撫《な》でた。

「？」

きょとんとするアリアの襟元《えりもと》をラルシェの指が開く。そうして首筋の印を見たラルシェは眉を動かし、ラヴルを振り返った。

「――兄上。アリアを認めてくださったのですか」

「えっ」

アリアは自分では見えない首筋を見ようと必死に首を捻《ひね》った。《婚姻の印》の上に重ねられた誓文《せいもん》を、消してもらえたのだろうか？

ラヴルは肩を竦《すく》めて答える。

「おまえたちがお似合いなのはわかった。おまえたちみたいなのを、バカップルと呼ぶんだな。馬鹿馬鹿しくて、付き合っていられない」

そう言って立ち去るラヴルを、アリアは頭を下げて見送った。


まったく馬鹿馬鹿しい――。

ラルシェの研究室を出たラヴルは、大きくため息を吐き出した。

――何なのだ、あの締まりのない顔は。

アリアの前にいるラルシェは、自分が知る弟ではなかった。まるで違う。顔つきも、纏《まと》う空気も、すべてが違う。

先日のこと、「アリアがいい子で何が悪い」とラルシェは言った。しかし、アリアがいい子なせいで一番の実害を被《こうむ》っているのはラルシェ自身だ。妻にした娘がいい子過ぎて、手を出せないのだから。

笑ってしまう。あの弟は、これほど不器用な人間だったのか。ただの恋する男の、情けない様を見て（自分が人として壊れている自覚があったことにもびっくりだ！）、毒気が抜けた。あれほど小憎らしかった弟が、可愛いとさえ思えた。

お人好しで純粋な少女に、この先もまだまだ振り回されればいい。それが、これまで精霊を粗雑に扱ったことへの罰だ。

そう思えば、あいつを許せる気もするというものだ――。

◇――＊◆＊――◇

翌日の放課後。久々にアリアが補習室への呼び出しに応じ、そこでラルシェはアリアから待望のラブレターをもらった。

ラヴルに取り上げられたものが返還されたというので、改めて手渡しを要求したのだ。

そう、アリアが自分に宛てて書いたものを取り戻さないわけにはいかない。

「ああ……嬉しいな。そうか、アリアにとって私はそんなにキラキラで大好きな王子様なのか――」

やたら変な擬音語や擬態語が多いのがアリアの歌の特徴だが、こんなに嬉しい擬態語は初めてだった。キラキラなラブレターを読みながらにやにやが止まらないラルシェを、アリアが可愛く睨《にら》む。

「――もう！　そもそもこのラブレターのせいで大変なことになったのですから、こういう我がままは今後控えてくださいね！」

「アリアが直接、私に好きだと言ってくれれば、ラブレターや交換日記なんて要《い》らないよ。毎日、私の顔を見たら好きだと言ってくれる？」

「ええっ？　それこそ、ラヴル様が仰《おつしや》っていたようにバカップルでは……!?」

「そんなことはないよ。それが愛し合う夫婦の正しい会話だよ。だってアリアは私のことが好きなんだろう？」

顔を覗《のぞ》き込むと、アリアは赤くなった。

「そ、それは――そうですけど……」

もごもご言いながら、視線をあちらこちらへ動かすのが可愛い。

「でも、学校でそういうことはしなくていいと思うのですけど……！」

小さな反論を思いつき、毅然《きぜん》と顔を上げるのも可愛い。

アリアは何をしても可愛い。他の何に反論しても、自分を好きだということは否定しないアリアが可愛くてたまらない。

「可愛いアリア――」

昂《たかぶ》る想いのままにアリアを膝《ひざ》に抱き上げようとすると、

「――私、このままではいけないと思うのです」

と言ってアリアはラルシェの腕を拒《こば》んだ。

「いけない？　何が？」

「面倒なことや危険な目に遭《あ》う度《たび》にラルシェ様に救《たす》けていただいて、魔法能力があるのに、それを肝心な時に使えなくて、そんな状態なのに、ラルシェ様といいちゃいちゃしている場合ではないと思うのです」

ラルシェは生真面目《きまじめ》に言うアリアの手を取り、その甲をポンと叩く。

「でも、今回はアリアが歌唱魔法で私を救けてくれたじゃないか。お互い様だよ。それに、私はアリアが傍《そば》にいてくれるだけで幸せなんだ。アリアの存在自体が私には魔法みたいなもので、それ以上何もしてくれなくてもいいんだよ」

「そういうのを、やめてくださいと言ってるんです……！」

アリアはラルシェの手を払い、厳しい表情になった。

「私を大切にしてくださることと、甘やかすことは別だと思うのです。大切にしていただけるのは嬉しいですが、甘やかされるのは嬉しくありません。過度な甘やかしは人を駄目にします」

「――困ったな」

ラルシェは両腕を広げて肩を竦め、苦笑する。

小さな頃からずっと可愛がって甘やかしてきたのに、アリアはそれを当然と思わない娘に成長した。一般論としては喜ばしいことなのかもしれないが、自分としてはこんな賢明さを望んでいたわけではなかったのだ。

「私はね、アリアに頼りにされるのが嬉しいんだよ。アリアに頼られなくなったら、寂しくて、生きている意味がなくなってしまう。──本当のことを言おうか」

「本当のこと？」

「本当は、君が何も出来ない子で、私に頼りきりで、私がいなければ日も夜も明けないでいてくれるのが一番嬉しいんだ。君に精霊の守護なんて要らない。君を一番近くで守るのは私でありたい。君を、私がいなければ生きられないようにしてやりたい。そんな風に思うほど、君が好きなんだ」

「でも、それじゃ──」

言い返そうとするアリアを強引に抱き寄せ、黙らせる。

「そう、それでは君が学校を卒業出来ないし、本当の結婚も出来ないから。我慢して、君が頑張るのを見ているんだけどね。本当は、君をこの腕の中に閉じ込めて、私だけを見させて、どこにも行かせたくないんだ」

「ラルシェ様、独占欲が強過ぎです……！」

そう言ってアリアが腕の中でもがく。

「それくらいアリアにも私を想って欲しいな。それとも、アリアはそこまで私のことを好きじゃない？」

「そ、そんなことは――」

「アリアの『好き』を私に教えて。アリアはどれくらい私のことが好き？」

「どれくらいと言われても……！」

困り顔のアリアが可愛くて、食べてしまいたくなる。

「言葉に出来ないなら、態度で表してみて。こうして私の腕の中にいるのは、厭《いや》じゃないんだろう？　じゃあ、これは厭――？」

調子に乗って、ピンク色のくちびるを啄《ついば》もうとした時だった。

突如《とつじょ》、ターゲットを見失い、ラルシェは空《くう》に口づけをした。

「！」

可愛いアリアは腕の中から消えていた。

――やはり、こうなるのか！

両想いだとわかっても、アリアの転移魔法能力が制御不能なことに変わりはない。状況はさほど好転していないということだ。

ぶつける場所のないがっかり感が肩に重く、ため息を吐《つ》いて椅子の背に凭《もた》れるラルシェだった。

◇──＊◆＊──◇

アリアが空間転移した先は、中庭に植えられたフライムベリーの木の上だった。

──またやっちゃった……！

ため息を吐きつつも、戯《たわむ》れが過ぎるラルシェ様も悪いわ──と思う。

本当に、彼はいつも自分の話を真面目に聞いてくれない。それはもちろん、甘やかさないで欲しいなんて偉そうに意見したところで、現実としては彼に頼らなければ何も出来ない自分をよくわかっている。だからこそ情けないし、なんとかしなければならないと考えているのに──。

もう一度ため息を吐いて、木から降り始めると、ちょうどラヴルがこちらへやって来た。

木の上から現れたアリアを見て、ラヴルは片眉を動かす。

「顔が赤いな。ラルシェに何かされたのか」

鎌《かま》を掛けられたのか、本当にまだ赤いのか、ずばり言い当てられて、アリアは慌てて俯いた。恥ずかしさと気まずさでなかなか顔を上げられないまま、ちらちらとラヴルの様子を窺《うかが》うが、存外彼の機嫌は悪くなかった。

昼休みにラブレターを返してもらった時も、特にごねることもなく素直に返してくれたのだ。ラルシェへのわだかまりはどうなったのか気になったが、昼間の校内で訊ける話ではないので、その場はラブレターだけを受け取って別れたのだが――。

「ラルシェにラブレターを渡したのか？」

「……はい」

「喜んだか？」

「それはもう……」

「それで調子に乗って君に手を出そうとして逃げられた、といったところか？　学習能力のない奴だな。いや、単に堪《こら》え性《しょう》がないのか？」

ラヴルはからかうように言って笑う。

「……ラヴル様、なんだか、楽しそうですね……？」

恐る恐るそう指摘してみると、ラヴルは「ああ、楽しいさ」とあっさり頷《うなず》いた。

「君を見るラルシェの顔を見てしまったらね――。昨夜は、まったく知らない弟の顔を見せてもらったよ。情けないと言ったらない。あれを見たら、百年の恨《うら》みも解けるさ。君にはもっとあいつを振り回して欲しいね」

「私がラルシェ様を振り回すなんて、そんな……」

　アリアはぶんぶん首を振る。

「何を言っている。君はずっとあいつを振り回し続けているだろう？」

「えっ」

「はは。本人に自覚がないところがさらに哀れだな。これからもその調子で頑張ってくれ」

　その調子と言われても、どの調子かがわからない。アリアが首を捻《ひね》っていると、ラヴルが遠い目で中庭の向こうを見ていることに気がついた。

「何を見ていらっしゃるのですか？」

　中庭の向こうでは、リュシルを囲んだお茶会が開かれているようだった。ラヴルはそこから視線を動かさずに言った。

「……君を面倒臭《めんどうくさ》い兄弟のいざこざに巻き込んだ詫びに、ひとつ打ち明け話をしようか」

「え？」

「私が女子部の特別講義を引き受けたのには、君を観察することの他に、もうひとつ理由があったんだ」

「え――」

「花嫁候補のひとりを偵察《ていさつ》に来たんだよ」

「えぇっ⁉」

アリアがあまり派手に驚いたので、ラヴルの方こそ驚いたという顔でこちらを見た。

「なぜ君がそんなに驚くんだ？」

「いえ、その、えっと――……」

アリアは目を白黒させて言葉を濁す。

――その展開を妄想して涎《よだれ》を垂らしていた生徒がいるなんて言えない！

お茶会の輪の中にはミュリエットの姿もある。フェルトの妄想がまた奇跡の的中を見せるなら、もしやお相手はミュリエットなのだろうか？

アリアが恐る恐る、「あの、花嫁候補って、どなたなんですか……？」と訊《たず》ねると、ラヴルはいささか憮然《ぶぜん》とした表情で再びお茶会の方へ目を遣《や》る。

「あそこにいる――」

やっぱり、ミュリエット様……⁉

「リュシル・ド・イース・レントだ」

驚く準備はしていたものの、予想外の方向から頭を殴《なぐ》られた気分でアリアは口をぽかんと開けた。

「リュ――リュシル様⁉」

「まあ、候補のひとりというだけで、まだ具体的な話にまでは行っていないけれどね。ついでだから様子を見てこようと思ったら、いやはや、まさか女子校の王子様とはね……」

苦笑いするラヴルの隣で、アリアも苦笑した。リュシル親衛隊も、まさかライバル視していた特別講師の王子様と自分たちの担《かつ》ぐ《王子様》に縁談が持ち上がっているとは夢にも思っていないだろう。

だが言われてみれば、誕生会のバックアップをしたり、追われているのを助けてあげたり、ラヴルはリュシルのことをいろいろ気に懸《か》けている様子ではあった。あれは自分の花嫁候補を観察していたのか。

――でも、それと同じくらい、ミュリエット様のことも気にしていたように見えたのだけど……？

「あの……やっぱり女子校の王子様より、たとえば――ミュリエット様みたいな美少女の方が嬉しかったりするのですか？」

不躾《ぶしつけ》を承知で訊ねてみると、ラヴルはしみじみとした口調で言う。

「あの子は、髪の色がいいね。昔、ああいう燃えるような赤い髪をした赤鷲《あかわし》の精霊を見たことがあるんだよ。あの子を見ると、あの時の精霊を思い出してしまうんだ」

「はあ……。精霊、ですか」

どうやら色恋の話ではなかったらしい。

「まあその精霊も、ラルシェに横取りされたわけだけどね」

「う……すみません」

「君が謝ることじゃないよ」

そこへ、当のラルシェがアリアを追ってやって来た。

「アリア──。こんなところで、兄上と何をしているんだい？」

ラルシェは訊ねる傍からリュシルのお茶会に気づき、人の悪い笑みを浮かべた。

「兄上はレント家の令嬢を観察中ですか。あれは、花嫁にするにはなかなか手強《てごわ》い《王子様》でしょう」

その言葉を聞いて、アリアは目をぱちくりさせる。

「ラルシェ様は、ラヴル様とリュシル様のことをご存知だったのですか？」

「王宮に顔を出せば、なんとなく耳に入ってくるからね」

「ふん。放っておけ。おまえには関係のない話だ」

「ええ、まあ兄上の縁談にはまったく興味がありませんから、どうでもいいことですが」

可愛くない弟丸出しの態度でラルシェは言い、「そんなことより」と話を変えた。

「私の興味がある話をさせていただけるなら、兄上が最近、銀色蜥蜴《とかげ》の精霊と遭遇したという噂を聞いたのですが、本当ですか」

「ああ、見かけた。話をしただけで別れたが」

「傍に、青色蜥蜴の精霊はいませんでしたか？　銀色と青色は仲が良いと聞くのですが」

「さあ――見なかったな。おまえは今は蜥蜴の精霊を集めているのか？」

「ええ、全色コンプリートしたいのですが、青色がどうにも見つからなくて」

ラルシェはそう言ったあと、慌てたような顔でアリアを見た。

「精霊を捕まえるといっても、石にはしないよ。ちゃんと大事に扱うから」

アリアに言い訳するラルシェをラヴルは面白げに見ながら口を開く。

「私は今、火豆《ひまめ》と氷豆《こおりまめ》シリーズを集めている。おまえがその邪魔をしないと約束するなら、蜥蜴シリーズのコンプリートに協力してやってもいい」

「本当ですか。私は、胴体に星と月の模様がある青色蜥蜴の精霊を探しているのです」

「それは、伝説レベルのやつじゃないのか？」

「実在するという話もあるのです。私はぜひその精霊を見てみたい」

「ならば、私だって伝説の百年氷豆の精霊を見てみたい。協力しろ」

マニアックな精霊コレクター兄弟の会話に、アリアはすっかり置いてけぼりを喰っている。しかし、決して退屈ではなく、温かい微笑ましさを感じていた。

――このおふたり、なんだかんだで似た者同士なのでは……。

「今度、蜥蜴と豆の歌を作りますから、おふたりとも仲良くしてくださいね」

それから数日後、ラヴルは特別講義の期間を終え、学園から去って行った。

優しい王子様がいなくなり、厳しい風紀顧問《こもん》の王子様が残った現実を生徒たちが仕方なく受け入れているところ、変わらずご機嫌な生徒もいた。

「精霊祭の夜、アリアお姉様を見失ってしまったのは痛恨《つうこん》でしたけど、同時にラルシェ先生やラヴル先生の姿も見えなかったし、私の知らないところで何かあったんですよね？　ロイヤルな三角関係が進行してるんですよね？　ええ、わかってます。本当のことは言えませんよね。大丈夫です。私は全部わかってますから。わかった上で、ラルアリ推《お》しですから！　安心してください！」

何を安心しろっていうの、何もわかってないのに――！

とは思うものの、反論して事実を教えるわけにもいかない。彼女には何も知らないでいてもらわなければ困るのだ。

フェルトの妙なラブラブ妄想をやめさせようと苦慮《くりょ》する一方で、

「あっ、ラルシェ先生、アリア様を虐《いじ》めたら駄目だぁ〜！」

トリルはアリアとラルシェが一緒にいるのを見ただけで猛然と駆けつけて来る。

応援も反対もされない、誰にも気にされない普通の生徒と教師の関係でいたいのに、どうしてこんなことになってしまったのか。

ため息を吐きながら周りを見れば、あちらではミュリエットがまた大きな炎を熾《おこ》してアルトに叱《しか》られ、そちらではリュシルが親衛隊から逃げて昼寝の場所を探している。

――ああ。この数カ月で、人に言えない秘密ばかり抱えてしまった気がするわ……。

自分とラルシェの結婚、ミュリエットの片想い、リュシルの縁談。どれを取っても、人に知られたら学園中が大騒ぎになる問題である。

何としても隠し通すしかないわ。然《しか》るべき時が来るまで――。

決意も新たに、フェルトが咲き散らかした《ときめきの花》を一緒に片づけてやるアリアだった。

アリア嬢の結婚は、（今のところ知られてはならない人々には）誰にも知られないまま続行中――。

〔了〕

# あとがき

こんにちは、我鳥彩子です。

オレンジ文庫では（単著としては）二冊目の本になります。

「教師と生徒の秘密の結婚ラブコメを書きたいんです！」「ファンタジーの魔法学園舞台でぜひ！」（寸止め装置としてヒロインのあの能力を使いたかったので）と力説して書かせていただきました。


このお話、準備自体は数年前からしていたのですが、別のあんな作品やそんな作品が有り難くも続刊させていただけたりして、これを書きたいと言い出すタイミングがどんどん後へ送られていってしまい……。無事に順番が回ってきてよかったです。

周りに内緒で結婚している生徒（ヒロイン）と教師（ヒーロー）。やっぱりそう来たらヒーローには眼鏡と白衣をあしらわねばなりませぬか。Ｓっ気出した方がよろしいか。ヒロインはいい子ちゃんにしたいよね……！　と、設定としてはとてもベタで、しかも究極の寸止めパターン。私の大好きな展開です（笑）。

もわもわとお話を考えている時、頭にふと浮かんだのが『アリア嬢の誰も知らない結婚』というフレーズでした。おお、タイトルと同時にヒロインの名前も決まった！（別作品のあとがきでも同じことを言ってたりしますが、私はこのパターンがよくあるのです）でも『アリア』って、なんだか歌が巧《うま》そうな名前だなあ。どうせなら、他の登場人物の名前も音楽用語から持ってこようかな？　という発想で、キャラの名前があれこれ決まっていきました。クラシック音楽が好きな方は、読みながらいろいろ気がつかれたかとも思いますが、少しご紹介すると――

アリアの姓『モデラート』は、速度用語で『中間の速さ』という意味です。ヒロインなので、ニュートラルなイメージで決めました。それに合わせて、ふたりのお姉様方の姓も、片想いに燃えるミュリエット様の『プレスト』家は『極めて速く』、クールな男装の麗人リュシル様の『レント』家は『極めて遅く』と両極端になりました。また、『アルディート』王国は、『大胆な、勇敢な』という発想用語から採《と》っています。国の名前っぽいかなあと思って。

音楽用語はイタリア語が多いのですが、脳内お花畑少女フェルト・ユーベルント嬢の名前は、『フェルトロイムト』（夢見るような、空想的な）、『ユーベルント』（歓声を上げるように、喜んで）というドイツ語の発想用語から採っています。ええ、採らずにいられませんでした。見事に名が体を表していますね（笑）。

……などとキャラの名前の話をしているうちに、紙幅が尽きてまいりました。

素敵なカバーイラストを描いてくださった明菜《あきな》様、いつもお世話になっている関係者の皆様、今この本をお手に取ってくださっているあなた、ありがとうございます。お気軽にご感想などお寄せいただければ嬉しいです。

二〇一九年　六月　　我鳥彩子

この本と同時期に、原作を担当した少女漫画の単行本も出ます！

ブログ【残酷なロマンティシズム】Twitter【wadorin】

※この作品はフィクションです。実在の人物・団体・事件などにはいっさい関係ありません。

集英社オレンジ文庫をお買い上げいただき、ありがとうございます。
ご意見・ご感想をお待ちしております。

● あて先
〒101-8050　東京都千代田区一ツ橋2-5-10
集英社オレンジ文庫編集部 気付
我鳥彩子先生

# アリア嬢の誰も知らない結婚

集英社
オレンジ文庫

2019年7月24日　第1刷発行

著　者　我鳥彩子
発行者　北畠輝幸
発行所　株式会社集英社
〒101-8050東京都千代田区一ツ橋2-5-10
電話【編集部】03-3230-6352
【読者係】03-3230-6080
【販売部】03-3230-6393（書店専用）
印刷所　株式会社美松堂／中央精版印刷株式会社

※定価はカバーに表示してあります


ISBN 978-4-08-680263-5 C0193